U0732606

动物小说王国 · 沈石溪自选中外精品

DONGWU XIAOSHUO WANGGUO · SHEN SHIXI ZIXUAN ZHONGWAI JINGPIN

来自荒原的狼

沈石溪 等◎著

CMS
PUBLISHING & MEDIA
中南出版传媒

湖南少年儿童出版社
HUNAN JUVENILE & CHILDREN'S PUBLISHING HOUSE

图书在版编目（CIP）数据

来自荒原的狼／沈石溪等著.—长沙：湖南少年儿童出版社，2016.7
（动物小说王国.沈石溪自选中外精品）
ISBN 978-7-5562-2486-9

Ⅰ.①来…　Ⅱ.①沈…　Ⅲ.①儿童文学－中篇小说－小说集－世界
②儿童文学－短篇小说－小说集－世界　Ⅳ.①I18

中国版本图书馆CIP数据核字（2016）第128545号

LAIZI HUANGYUAN DE LANG
来自荒原的狼

总 策 划：吴双英　上海采芹人文化
执行策划：聂　欣　王慧敏
责任编辑：聂　欣　周倩倩
责任美编：陈　筠
特约编辑：张万芹
特约校对：百愚文化
封面绘图：党龙虎
版式设计：采芹人装帧工作室　王　佳
　　　　　http://blog.sina.com.cn/cqr-c666
质量总监：郑　瑾

出 版 人：胡　坚
出版发行：湖南少年儿童出版社
地　　址：湖南省长沙市晚报大道89号　　邮　　编：410016
电　　话：0731-82196340　82196334（销售部）　0731-82196313（总编室）
传　　真：0731-82199308（销售部）　0731-82196330（综合管理部）

经　　销：新华书店
常年法律顾问：北京市长安律师事务所长沙分所　张晓军律师
印　　刷：湖南关山美印有限公司
开　　本：880 mm×1230 mm　1/32
印　　张：8.375　　　　字　　数：143千字
版　　次：2016年7月第1版　　印　　次：2016年7月第1次印刷
定　　价：18.00元

版权所有　侵权必究
质量服务承诺：若发现缺页、错页、倒装等印装质量问题，可直接向本社调换。
本书转载的作品如有未能联系到原著者、译者的，敬请原著者、译者见书后及时与上
海采芹人文化传播有限公司联系（联系电话：021-65132783），以便奉寄样书和支付
稿酬。

漫议动物小说

沈石溪

　　全世界所有的少年儿童都喜欢动物，都对动物感兴趣。孩子通过和猫、狗、鸡、鸟、金鱼、蟋蟀等动物打交道，才从感性上逐步认清人类的价值和人类在地球上的位置。正由于少年儿童和动物这种天然的友谊，描写动物的作品才经久不衰，备受青睐。

　　可以说，动物小说是读者面最宽泛的儿童文学品种之一。但并非所有以动物为主人翁的文学作品都是动物小说，需要进行两种区别。第一，把不同种类的动物当作人类社会道德观念的形象符号，或当作不同类型人物的化身，让动物进入人类的生活形态，让动物开口说话，仅仅把动物自身的生活形态和行为动作当作点缀或趣味，这一类作品可称为寓言或童话。这类作品在儿童文学领域中当然有悠久的传统和不可替代的审美价值，但就体裁而言，似应与动物小说区分开来。第二，出于对生态平衡问题的关注，20世纪以来国外曾出现了一批风靡一时的动物文学作品，例如以民间传说作为蓝本进行再创作的、被誉为法国"动物史诗"的《列那狐》，奥地利作家亚当森写的《野生的爱尔莎》，加拿大作家乔治·斯汤弗尔德·别兰尼写的《消逝的游猎部落》，法国作家黎达·迪尔迪科娃写的《跳树能手》，美国作家理查德·阿特沃特夫妇写的《波珀先生的企鹅》，等等。这些作家长年累月在野外考察，获取了野生动物生活习性的第一手资料，作品别开生面，至今仍闪烁着灿烂的艺术光辉。但就分类而言，可以将其划入动物故事或动物传记文学。这类实录性作品虽然是以动物为主人翁，着力描绘动物的生活形态和行为动作，其中也不乏精彩的心理描写，但总体上说，是以知识性和趣味性见长，基本上都是站在人类的叙述角度对动物进行外部观察和命运追溯的。虽然在客观描述动物世界时能给人类社会以有趣、有益的联想，但这种联想总的说来松散而广义，缺少冲击力。

我自己认为，严格意义上的动物小说似应具备如下要素：一是严格按动物特征来规范所描写角色的行为；二是深入动物角色的内心世界，把握住让读者可信的动物心理特点；三是作品中的动物主角不应当是类型化的而应当是个性化的，应着力反映动物主角的性格命运；四是作品思想内涵应是艺术折射而不应当是类比或象征人类社会的某些习俗。

从这个角度说，美国作家杰克·伦敦是动物小说的鼻祖。他的《野性的呼唤》写一条名叫贝克的狗目睹人世间的冷酷无情，最后在荒野狼群的呼唤下逃入了森林，变成了狼。他的《白牙》写一条狼在主人体贴周到的驯化下克服了野性，最后变成了狗。他的另一部短篇佳作《狂狼》则写动物在高强度的生存压力下野性本能会冲破束缚占据上风。这三部作品都从动物的特性着眼结构故事，对动物行为的自然动机观察入微，蕴含着深刻的哲理，且没有将动物拟人化的痕迹，堪称真正的优秀的动物小说范本。

我国新时期儿童文学百花竞放，在宽松和谐的大背景下，动物小说也取得了令人刮目相看的成就，出现了《小狐狸花背》《冰河上的激战》《七叉犄角的公鹿》等一批脍炙人口的作品。这些作品从动物的自然习性出发来构思情节，汲取了科普文学的长处，保持了"故事"这一文学体裁的优势，颇受小读者的欢迎。但总的来说，动物小说在我国还处在从无到有的雏形阶段，正在曲折而顽强地提高和成熟。

假如没有动物，人类将活得很孤独，地球就显得太寂寞。动物是人类的一面镜子，人类所有的优点和缺点，几乎都可以在不同种类的动物身上找到原型。比如善良，可以和白兔画等号；比如温柔，可以和绵羊画等号；比如勤奋，可以和工蜂画等号；比如残忍，可以和豺狼画等号；比如狡诈，可以和狐狸画等号；比如好斗，可以和蟋蟀画等号……文学虽然是人学，但人类本身就是从动物进化来的，至今或多或少地保留着某种动物性。由此，文学殿堂似乎应当容许动物也位列其中，占据一个小小的位置。

人们写东西一般都是从人的角度去看人，即使一些以动物为主角的作品，也是从人的角度去理解动物。这当然不失为一种明智的写法。但反过来从动物这个特殊的角度去观察体验人类社会，或许会获得一些新鲜感觉。现代动物小说很讲究这种新视角，即让动物去思考去感受，去叙述故事去演绎情节。人看人是一个样，动物看人又是一个样；人讲故事是一个样，动物讲故事又是一个样。诚然，作家是人而非动物，写小说使用的也是人类的语言符号和思维习惯，很难摆脱人类社会既成的道德规范和是非标准，似乎永远也突破不了人在审视动物、人在描写动物这样一个既定格局。但是，众多的科学家在荒山雪域及丛林地带对野生动物的生活习性进行考察，积聚了大量珍贵的研究资料。随着生物学家在实验室对动物标本进行越来越精细的解剖分析，人类对动物的认识愈加深化，作家在创作中能依据科学发现，运用严谨的逻辑推理和合情合理的想象，模拟动物的思维感觉进行叙述。在动物小说中动物的思维感觉把握得越准确，真实感就越强烈。

就题材而言，动物小说大致可归纳为两大门类：第一类是专写动物与人之间的感情关系的作品。或写动物对主人的忠贞，或写主人对所豢养的动物的误解与造成的委屈，或写人类与动物的相互依存、相互利用，或写人性战胜兽性，或写兽性泯灭人性。这类题材的长处是作品中往往浸透了悲剧气氛，弥漫着爱与恨的强烈情绪，容易打动人心，读者还能凭借自己与动物交往的经验参与创作。弱点是，国内外描写人和动物关系的作品数量众多，却很难跳出动物知遇报恩、人性和爱感化了野性等窠臼，尽管可以在写作手法上花样翻新，但总给人一种炒冷饭的感觉。第二类是以动物为本体进行创作，不牵涉人类或仅把人类当作陪衬与点缀的作品。动物世界是个色彩斑斓的世界，特别是那些具有群体意识的哺乳类动物，和人类一样，也有爱和恨，也有错综复杂的"人际"关系，在弱肉强食、生存竞争的丛林背景下，也活得相当累。这些动物和它们的生活完全有资格进入小说家的创作视野，构成有独特韵味的作品。这类描写纯动物的小说目前还比较少见，是一块可供作家随意开垦的土地。

动物小说先天具有知识性、趣味性和传奇性的优势，十分适合求知欲旺盛的少年读者的阅读胃口。因为描写的对象是动物，禁忌就要少些，人类社会某些不能披露也不忍触及的东西在动物身上就能理直气壮地反映出来，即使写歪了动物也不会来抗议纠缠。这比写人要方便多了。作家从动物身上折射出人性的亮点和生命的光彩，在动物王国中寻觅人类在进化过程中失落的优势，或指出人类在未来征途上理应抛弃的恶习。从这个意义上说，动物小说也是一种寓教于乐的文学，可以起到使少年儿童在对比中懂得如何做一个真正意义上的人的教育作用。不仅如此，动物小说由于经常接触到生与死这个主题，与生命有一种内在关联，也会被成年读者所接受。特别是那些以动物为视角所写的作品，开掘出一个新的审美层次，也会引起成年人的阅读快感。老少咸宜，童叟无欺，这是一种"两栖类"文学作品，或者说是一种有超越价值的儿童文学。

但愿动物小说这朵奇葩在文学百花园中能昂首怒放。

目录 **Contents**
来自荒原的狼 . . . .

双角犀鸟

沈石溪

1

在西双版纳的原始森林里，有一座葫芦岛。

春天，岛上开满了吊钟、黄蝉、金葵、绣球等各种各样五彩缤纷的野花，把罗梭江熏得芬芳扑鼻。羽毛艳丽的翠金鸟、花枝招展的蓝孔雀、红冠金背的啄木鸟、胸脯雪白的点水雀，都在岛上的树梢、草丛和芦苇里垒窝搭巢。还有成群的沙燕、黄鹂、鹧鸪、血雉、白鹇也纷纷飞来这儿饮水觅食。葫芦岛成了鸟的世界。

在这鸟的世界里，生活着一对双角犀鸟。

这是一种名贵的鸟，长着月牙形的大嘴，大嘴金黄光滑，坚硬如铁。冠额中间凹陷，两侧凸起，形成漂亮的双角。脖颈和肚皮上的羽毛洁白，背脊和翅膀黑得发亮。雌双角犀鸟长得婀娜美丽，每一根翎羽都梳理得十分整齐。雄双角犀鸟长得威武雄健，漆黑的翅膀和尾翎上有一条白色的斑纹，展翅飞翔时，犹如黑夜中一道炽白的闪电。

　　葫芦岛上长着一颗古老的菩提树，高大挺拔的树干上有一个宽敞的树洞。清晨，露珠顺着菩提树叶尖一颗接一颗滚落下来，像一条甘甜的小溪，挂在树洞前。中午，茂密的树叶不但遮住了炎热的阳光，还会婆娑起舞，给树洞送来习习凉风。傍晚，最后一抹玫瑰色的晚霞灌进树洞，把阴寒潮湿的夜气变得温馨暖和。那对双角犀鸟在这个宫殿似的菩提树洞里已经生活了整整两年。

　　两年前的一天，那只雄双角犀鸟正在湛蓝的天空中翱翔，突然看见一只年轻的雌双角犀鸟衔着一条细长的竹叶青在半空中颉颃翻腾；雌双角犀鸟没有经验，衔着竹叶青的尾巴。竹叶青竖起脖子，眼看那对毒牙就要咬到雌双角犀鸟的胸脯了。雄双角犀鸟疾飞过去，用长喙准确地夹住毒蛇的七寸，救下了雌双角犀鸟，于是，它们结成终身伴侣。两年来，它们形影不离，日夜厮守在一起。黎明，它们比翼齐飞，用巨大的翅膀驱散比奶浆还浓的雾，它们在森林里盘旋，采食野果，捕捉老鼠；黄昏，它们翩然飞到罗梭江边，啄起一串串珍珠似的江水，互相给对方沐浴梳洗，然后衔尾而归。

　　在相亲相爱的幸福生活中，雌双角犀鸟产下了五个蛋，各个光滑圆润，薄薄的白蛋壳上，泛着生命的光华。雌双角犀鸟开始孵蛋了。雄双角犀鸟飞到江边，一趟又一趟衔来稀泥和木渣，给菩提树洞垒起了一堵结实的土墙。墙上只留一个小小的孔，使留在树洞里的雌双角犀鸟能把嘴尖伸出来，接受雄双角犀鸟喂给它的食物。

不久，五只雏鸟在妈妈温暖的怀抱里蹬破蛋壳，平安出世了。它们各个都长着一身金色的茸毛，一睁开天真的眼睛，就张开嫩黄的小嘴，叽叽喳喳嚷着要吃食。雄双角犀鸟承担起一家子的生活重任，不知疲倦地在森林里奔波忙碌，衔来雏鸟顶爱吃的蜥蜴、地狗和蟑螂，一口一口喂进小宝贝们的嘴里。夜晚，它栖息在树洞前的枝丫上，连睡觉都睁着一只眼睛，守护着自己的家。它太辛苦了，丰满的身躯逐渐消瘦下来，两只眼睛布满血丝。

葫芦岛上的鸟居民感激双角犀鸟经常为它们消灭偷吃卵蛋的老鼠和蛇，因此，大家都愿意帮助雄双角犀鸟。咯咯咯，红腹角雉发现了一只鼬鼠，召唤雄双角犀鸟来叼食；哦哦哦，孔雀扒出了一只蝎子，欢迎雄双角犀鸟来啄取；嘀哩哩，太阳鸟看见了一条蜈蚣，邀请雄双角犀鸟来擒捉。

森林里清新的空气和丰富的食物，使五只雏鸟健康成长起来。它们的羽毛逐渐丰满，翅膀上长出了浅黑色的硬毛，柔软的嘴也变硬了。它们不顾爸爸和妈妈的劝告，成天嘟嘟嘟地用小嘴啄土墙，迫不及待地想钻出树洞，去蓝天下自由飞翔。雄双角犀鸟和雌双角犀鸟商量了一下，决定再过三天就啄破土墙，带领雏鸟练习飞行，教它们觅取食物。

2

翌日清晨，雄双角犀鸟同往常一样，离开葫芦岛，飞越罗梭江，到森林里去寻找食物。

雌双角犀鸟把雏鸟抱在温暖的翅膀下，轻声唱着催眠曲，让小宝贝睡个回笼觉。

突然，静谧的树林里传来白冠噪鹛"哩嘀——哩嘀——"的尖叫声。白冠噪鹛上半身洁白如雪，下半身红得像火，十分机警，一遇危险，便凄声啼叫，是密林哨兵。雌双角犀鸟闻声大惊，急忙从小孔向外窥望，只见百鸟骚乱，惊慌飞逃。不一会儿，一条浅棕色套着深棕色连环花纹的蟒蛇，昂着头游过湍急的罗梭江，爬上岛来。转眼间，这条几米长、碗口粗的蟒蛇就盘上菩提树，身子缠在树洞前的枝丫上，竖起三角形的脑袋往四周打量。

一股浓烈的腥臭味灌进树洞，把五只雏鸟熏醒了，它们都想从妈妈的翅膀下钻出来瞧热闹。雌双角犀鸟吓得屏住呼吸，用翅膀紧紧夹住雏鸟，不让它们发出声响。可是，不懂事的小室贝们大声叫嚷起来，埋怨妈妈把它们的脑袋夹疼了。

雏鸟的叫声终于被蟒蛇听见了。蟒蛇玻璃球似的眼珠里射出一道饥饿与贪婪的光，它盯住树洞，芯子像火焰一样，吞吐剧烈，呼呼有声。雌双角犀鸟缩在树洞的角落里，尖厉地叫起来："咯咯——咯咯——"希望雄双角犀鸟能飞来相救。

这时雄双角犀鸟正在遥远的森林里追逐一只奔突逃窜的黑线姬鼠呢。

蟒蛇弓起脖子，脑袋像把流星锤一样，用力叩击着土墙。本来土墙是很厚的，但现在内壁已经被淘气的雏鸟啄薄了，不一会儿，土墙便被击塌。蟒蛇张开巨口封住了树洞。

五只雏鸟吓坏了，小脑袋拼命往雌双角犀鸟的胸脯上拱，恨不得钻进妈妈的肚子里去。雌双角犀鸟护着小宝贝们，用大嘴不顾一切地朝蟒蛇啄去。但树洞太窄，它施展不了本领，被蟒蛇一口咬住，吞进了肚里。接着，五只可怜的雏鸟也被蟒蛇一只接一只吞进了黑咕隆咚的肚子里。蟒蛇空瘪瘪的肚皮顿时变得鼓鼓囊囊的。

晨雾消散后，雄双角犀鸟叼着一只黑线姬鼠返回葫芦岛。刚飞过罗梭江，它就感觉到气氛不对头。唧啾喧闹的鸟世界变得死一样沉寂。吊在芦苇秆上编织精巧的针线鸟窝倒塌了，一窝孔雀蛋滚散在草地上，两只刚刚出壳的小鹦鹉在臭水塘里挣扎。四周连一只飞鸟的影子也看不见了。

雄双角犀鸟急忙飞到菩提树旁一看，一条蟒蛇缠在树洞前的枝丫上，宽大的嘴巴边还沾着几根雏鸟的茸毛。"咯咯——"雄双角犀鸟急切地呼叫着，回答它的只是树林空洞的回音。它一下子什么都明白了。

它回想起在五只雏鸟还是五个蛋时，每天夜里，雌双角犀鸟依偎在它身边，用神秘的鸟的语言，喋喋不休地谈论着将来如何把小宝贝们培养得正直勇敢。如今，这幸福的憧憬像彩色的肥皂泡一样破灭了。

它回想起自己叼着食物，飞到树洞前，小宝贝们争先恐后来抢夺食物的模样，柔软的小嘴啄咬着它的大嘴，痒痒的，甜蜜蜜的，激起千种柔情、万般慈爱。如今，这一切都葬身蛇腹了。

它不愿孤零零地活在世上。它扶摇直上万米高空，突然敛紧翅膀一头栽落下来。它要将自己的身躯连痛苦一起跌得粉碎。

3

雄双角犀鸟笔直地从高空坠下来，经过菩提树洞旁，蟒蛇残暴、狰狞的脸赫然映入它的眼帘。它如果这样轻易地死了，谁来替雌双角犀鸟和小宝贝们报仇呢？谁来把死神从鸟世界里赶走呢？不，它不能死，它要活下去，与蟒蛇搏杀，即使最后被蟒蛇吃掉，也死得光彩。

在离地面还有五米高的时候，它改变了主意，猛地张开翅膀，一个翻身，重新升上天空。

蟒蛇被呼呼的声响惊醒，睨视了雄双角犀鸟一眼，傲慢地扭了扭身体，舒展了一下筋骨，又继续闭目养神。蟒蛇自恃能一口吞进一头麂子，所以根本不把雄双角犀鸟放在眼里。

雄双角犀鸟悄悄飞到蟒蛇背后，趁对方不防备，用尖刀似的长喙在蛇尾上狠狠啄了一口，便立即转身飞遁。

蟒蛇尾巴被啄开一个小洞，它疼得哧溜一下缩紧身子，扭过脖颈想要反击，但雄双角犀鸟早已稳稳地飞落在对面一棵栎树上了。

蟒蛇恼羞成怒，从菩提树上溜下来，爬上栎树去追雄双角犀鸟。雄双角犀鸟等蟒蛇逼近时，一拍翅膀，又飞到菩提树上。这样来回折腾了几次，蟒蛇累坏了，扑哧扑哧喘着粗气。它放弃了这徒劳的追逐，爬到罗梭江边的一块空旷的草滩上，把长长的身体盘成圆圈，脖子从圆圈的中心竖起来，守护着自己的身体。

雄双角犀鸟伫立在树枝上，与蟒蛇对峙着，耐心地等待机会。

太阳偏西了，落日的余晖把草滩晒得暖烘烘的。蟒蛇是出名的睡觉大王，平时吃饱了，一觉要睡十天半月。这时它太困乏了，不知不觉缩回了脖子，脑袋沉重地靠在身体上，迷迷糊糊打起盹来。

雄双角犀鸟瞅准机会，平稳地展开翅膀，像一片云彩，悄然无声地滑翔下来，在蟒蛇脖子上啄了一口，旋即振翅高飞。

蟒蛇吱的一声又竖起脖子，恶狠狠地望了雄双角犀鸟一眼，然后钻进一米多深的茅草丛里，想把自己隐藏起来。雄双角犀鸟居高临下，目光锐利，一眼便从茂密的茅草丛里找出蟒蛇躲藏的位置，频频出击。

蟒蛇爬到岩壁下，钻进石洞。雄双角犀鸟跟踪而来，把铁钳似的长嘴伸进石洞，狠狠夹咬。蟒蛇在狭小的石洞里转不过身，只得退出洞来，强打着精神与雄双角犀鸟怒目相对……

七天后，蟒蛇疲惫不堪，实在支持不住了，只好游过罗梭江，逃离葫芦岛，蹿进对岸的森林里。雄双角犀鸟紧追不舍。

蟒蛇饿了，一面逃，一面寻找可以充饥的小动物。雄双角犀鸟一面在蟒蛇头顶盘旋，一面高声报警："咯咯——咯咯——"

正在溪边喝水的小马鹿飞快地逃进森林，正在荷叶上卷食蚊子的青蛙立刻潜进水塘，正在树洞里呢喃的雀鸟马上展翅远飞,正在咬噬树根的老鼠赶紧钻进洞去。

整整一个月,蟒蛇睡不成觉,也吃不到东西。这天下午,它终于精疲力竭,在森林里挣扎爬行,黏黏的蛇涎流了一地,听凭雄双角犀鸟把它的身体啄得皮开肉绽而无力反扑。

雄双角犀鸟兴奋地高叫着,又一次俯冲下去,想对准蟒蛇的脑袋做致命的一击。飞到离地面还有几米高的地方,突然,它觉得自己的翅膀和脚被什么东西缠住了,动弹不得,整个身体悬在半空中。它仔细一看,原来自己只顾追逐,不小心钻进了猎人布下的鸟网。

这是一张用透明尼龙丝织成的网,挂在两棵大树的中间,网口像只漏斗,鸟钻进去后,便自动锁闭了。

雄双角犀鸟咯咯乱叫,在网里扑棱冲撞,但尼龙丝坚韧结实,怎么也挣不破。它拼命啄咬网眼,也无济于事。

蟒蛇舒了口气,逃进莽莽森林,不一会儿便无影无踪了。

明媚的阳光透过密密的树叶洒落下来,千万条金色的光线被风一吹,飘飘逸逸的,像仙女在梳洗长发。突然,寂静的树林里响起了跫然足音,不一会儿,树林里闪出一个穿着花筒裙和窄袖紧身小衫、圆髻上插着一串喷香的缅桂花的傣族小姑娘。她拍着小手,用银铃似的嗓音叫道:"阿哥,来看来看,鸟网里关着一只大鸟!"

一位戴着红领巾的傣族男孩急忙从后面赶上来，一把扯下鸟网，逮住了雄双角犀鸟，兴奋地叫道："它的嘴巴真大，长得真漂亮！"

他们是兄妹俩，哥哥叫岩刚，妹妹叫玉囡，星期天到森林里来捉鸟玩的。

4

雄双角犀鸟被兄妹俩带到一幢竹楼上，装进一个大鸟笼里。鸟笼是用金竹编织成的，很精致，也很牢固，悬挂在凉台的栏杆上。

岩刚从椰子干做的饭甑里挖了一团糯米饭，搓成一个个小球，塞进鸟笼，说："大鸟，你饿了，快吃吧！"

雄双角犀鸟闭着嘴，呆呆地望着笼外自由的天地，流下了绝望的泪水。

"阿哥，你看，这只大鸟不肯吃饭，还哭呢！"玉囡趴在栏杆上，歪着脑袋打量着雄双角犀鸟，焦急地说。

岩刚想了想，说："鸟顶爱吃虫，我们捉一些活的来，它饿极了，肯定会吃的。"

兄妹俩扛起锄头，到竹篱笆边挖蚯蚓，还逮了一些蚂蚱和壁虎，塞进鸟笼。雄双角犀鸟对这些珍馐美肴望都不望一眼。一条壁虎爬到了它的大嘴上，它不啄也不咬，一摆脑袋，把壁虎甩出了鸟笼外。它活着是为了报仇，如今希望破灭了，它情愿死。

一连三天，雄双角犀鸟不吃也不喝。岩刚和玉囡除了吃饭睡觉，成天默默地望着鸟笼出神，两张红润的小脸变得憔悴了。

第四天中午，天气热得像蒸笼。雄双角犀鸟渴极了，舌头像块晒干的海绵。它微微张着嘴，蹲在鸟笼里，已十分虚弱了。

玉囡用一只小竹勺舀了一勺甜井水，送到雄双角犀鸟嘴边，柔声劝道："喝吧，喝点吧！"

雄双角犀鸟猛翘嘴，把一勺甜井水打泼在地。

玉囡脸色变得灰白，眼睛里闪动着晶亮晶亮的泪花，终于忍不住哇地一下哭出来了。

"谁欺负我的小孙女了？"随着叫声，一位眉毛花白、缠着红头巾、穿着对襟圆领绸衫的傣族老波涛（傣语，即老大爷）挎着一支猎枪，肩扛一对花翎野雉，三步并作两步奔上竹楼。他是真正的猎人，刚从森林里狩猎归来。

玉囡抱着爷爷的大腿，伤心地说："这只大鸟不肯吃东西，快要饿死了。呜呜……"

老波涛站在鸟笼边仔细观看了一阵，说："孩子，你们逮着了双角犀鸟。这是一种名贵的鸟，它富有情义，雌鸟和雄鸟形影不离地生活在一起。只有当雌鸟孵蛋时，雄鸟才会单独外出找食。一对鸟儿只要一只遇难，另一只就会日夜啼叫，绝食而亡。这是一只雄鸟，它思念雌鸟和小鸟，太伤心了，所以才不肯吃东西，还淌眼泪呢。唉，人们把双角犀鸟称作'钟情鸟'，果然名不虚传啊！"

"爷爷，这么好的鸟，我们放了它吧！"岩刚动情地说。

"让它快点回家，和雌鸟、小鸟团圆。"玉囡也仰起头来央求道。

老波涛把岩刚和玉囡搂进怀里，高兴地说："好孩子，爷爷同意你们放了它。双角犀鸟是国家规定保护的珍禽，我们应该保护它。"

玉囡从爷爷怀里挣脱出来，抓起一条蚯蚓，塞进鸟笼，说："大鸟，快吃吧，吃饱了，我们就放你回家去！"

雄双角犀鸟从玉囡温和的眼光和充满柔情的声调里领会了她的善意。它轻轻地呼叫一声，大口大口地吃起蚯蚓来。

岩刚和玉囡的脸上绽开了笑容，像两朵美丽的金凤花。等雄双角犀鸟吃饱后，兄妹俩打开了鸟笼。

雄双角犀鸟钻出鸟笼，在岩刚和玉囡头顶盘旋了几圈，长鸣一声，向森林里飞去。

5

雄双角犀鸟沿着罗梭江搜寻了两个月，仍不见蟒蛇的踪影。

这天，它飞到野象谷，突然听到树林里传来"咯咯——"的凄惨叫声。它急忙飞过去一看，原来在一棵大榕树洞里栖着一窝棕颈犀鸟。雄棕颈犀鸟外出觅食时，不知是中了猎人的枪弹还是遭到猛兽袭击，反正没有回来。雌棕颈犀鸟和四只雏鸟被封在厚实的土墙里，已经饿得奄奄一息了。

西双版纳密林中的犀鸟共有四大家族：双角犀鸟、白喉犀鸟、冠斑犀鸟和棕颈犀鸟。白喉犀鸟脖颈上的羽毛纯白，翅膀灰黄；冠斑犀鸟头顶上只隆起一只角，亦称"独角犀鸟"；棕颈犀鸟喉部的皮肤裸露，底色金红，镶有天蓝色花纹，看上去非常美丽。

这四种犀鸟虽然不是同宗同族，但像亲戚一样，相处得很友好，因此，雄双角犀鸟一看棕颈犀鸟遭难，就毫不犹豫地飞到榕树上，用它那坚硬的大嘴使劲把土墙啄开了。接着，它飞到树林里，叼来蝼蛄、蚂蚁、四脚蛇、鸡素果等食物，把雌棕颈犀鸟和四只雏鸟喂饱。

过了一会儿，四只雏鸟恢复了力气，围着雄双角犀鸟撒起娇来。有的爬上它的背脊，有的骑在它的脖子上，有的用小嘴拨开它的翅膀，要玩捉迷藏。小家伙们不懂事，把它当作亲爸爸了。

雄双角犀鸟望着这些天真烂漫的小棕颈犀鸟，心里一阵痛楚。它想起了自己的孩子，它恨不得立刻找到蟒蛇，拼个你死我活。它小心翼翼地将四只小棕颈犀鸟送回它们妈妈的怀里，然后退出树洞，准备继续去寻找不共戴天的仇敌。

这时，雌棕颈犀鸟耷拉着长长的尾翎，翅膀颤抖起来，四只雏鸟也一起哀声叫起来。雄双角犀鸟望着小棕颈犀鸟，心软了。它们都刚刚换上硬毛，该学习飞翔和觅食了。这是最危险的阶段。它们稚嫩的小嘴和柔软的小翅膀还不能有效地保护自己，极容易遭到蛇类与秃鹰的伤害。它们需要勇敢的爸爸来保护它们。

雄双角犀鸟动了恻隐之心，留了下来。

早晨，它教雏鸟们张开翅膀，从高高的树洞滑降到绿茵茵的草地上，耐心地教它们用小嘴刨开草根，啄食躲在腐草和落叶下的蟋蟀和屎壳郎；傍晚，它张开大嘴，叼着雏鸟飞回榕树洞；入夜，它像个门卫，蹲在树洞口的一块木疙瘩上，防备懒猴、九节狸等夜间活动的野兽来偷袭。

雌棕颈犀鸟从遥远的田野里衔来新鲜的稻草，从深深的峡谷里采来香茅草，铺在树洞里，榕树洞散发出诱人的温馨。每当夜阑林静，雌棕颈犀鸟便缩起身子，紧贴洞壁，让出半个窝，低声叫唤，邀请雄双角犀鸟到树洞里来避避夜露晨霜。

雄双角犀鸟摇摇头，谢绝了雌棕颈犀鸟的好意。它知道，自己只要后退一步，就能重新得到一个温暖的家，但是，它不能让雌棕颈犀鸟的脉脉温情销蚀了自己复仇的决心。它宁愿顶着料峭的山风露宿洞外，天天蒙一身清霜。

一个月后，四只小棕颈犀鸟的翅膀长齐了，嘴长硬了，已经能追捕到飞翔中的蝙蝠了，也能叼啄花斑小蛇了。雄双角犀鸟看到自己的使命已经完成，就决定告辞。

这天，它带领小棕颈犀鸟找到一窝土拨鼠，饱餐一顿后拍拍翅膀，准备离开。雌棕颈犀鸟用美丽的脖子抚摸着它那被风风雨雨弄得有些零乱的羽毛，缠缠绵绵，恋恋不舍；小棕颈犀鸟在它腹部的茸毛间钻来钻去，苦苦哀求它不要离开。它深情地用大嘴给四只小棕颈犀鸟梳理了一遍羽毛，鸣叫一声，毅然飞离了野象谷。

6

雄双角犀鸟找遍整个原始森林，还不见蟒蛇。这天，它飞回葫芦岛，刚刚越过罗梭江，就闻到一股刺鼻的腥臭味。它警觉起来，顺着葫芦形的岛飞了一周，发现沙滩、草地和岩石上，都残留着蛇爬行后的痕迹，于是它绕着一棵棵大树盘旋观察。飞到一棵麻栗树前，它突然发现一根掩映在绿叶中的树枝特别粗壮，形状也扭曲突兀，十分显眼。

它冲着这根奇形怪状的麻栗树枝叫了一声，抬起大嘴进行试探，做出一副准备搏击的姿势。

那根麻栗树枝蠕动起来，树叶沙沙作响，突然一个三角形的蛇头钻出来，咝咝吞吐着芯子，蛇眼恶狠狠地盯着雄双角犀鸟。

正是那条凶恶的蟒蛇。三个月来，它吞食了两只鼬鼠和四窝斑鸠，不但养好了伤，还养得身强力壮。一个月前，它重新占领了葫芦岛，作为自己的巢穴。刚才，它正盘在岩石上晒太阳，看到雄双角犀鸟飞临葫芦岛，它大吃一惊，急忙躲到麻栗树上，企图让自己棕色的蛇皮与麻栗树棕色的树皮融为一体，骗过雄双角犀鸟的眼睛，但是它的诡计失败了。现在，它正晃着脑袋，张开巨口，色厉内荏地进行恐吓。

雄双角犀鸟勇敢地扑过去，像上次搏斗时那样，灵巧地避开蛇头，啄咬蛇身和蛇尾。

几个回合下来，蟒蛇像上次那样败下阵来，仓皇逃窜，雄双角犀鸟紧追不舍。双方绕着葫芦岛又展开了一场持久的追捕。

五天五夜后，蟒蛇渐渐地放弃了反扑，爬到悬崖上的一朵罂粟花上，躺着不动了。雄双角犀鸟用翅膀劈倒罂粟花枝，毫不留情地猛啄蛇身。蟒蛇艰难地扭动着长长的身体，看上去连蜷缩的力气也没有了。过了一会儿，蟒蛇把头埋在一蓬粉红色的罂粟花下，挺了挺脖子，终于变得木然僵直了。

雄双角犀鸟又啄了十几次蛇尾和蛇身，蟒蛇像根木条，一动也不动。它见势欢呼一声，拍拍翅膀飞到蟒蛇头顶，去啄蛇头。它尖尖的嘴刚刚拨开那蓬粉红色的罂粟花，碰到滑腻腻的蛇头，突然，蟒蛇唰的一声，闪电似的竖起脖子，仰起脑袋，张开血盆大口朝它咬来。狡猾的蟒蛇原来是装死。它急忙转身想避开，但已经来不及了，它只觉得左脚像被火烙一样一阵剧疼，身体绑着一块铅似的往下坠。低头一看，原来蟒蛇咬住了它的左脚，正在将它往下拽呢。它大吃一惊，拼命扇动翅膀，向上飞腾，想把左脚从蟒蛇的嘴里抽出来。

蟒蛇沉重的身躯跟随扑棱着翅膀的雄双角犀鸟爬出很远，仍然紧紧咬住雄双角犀鸟的左脚不放。前面遇到一棵槟榔树，蟒蛇一甩尾巴，死死缠住槟榔树干。

雄双角犀鸟悲愤地鸣叫着，用尽全身力气猛扇翅膀，翅膀上的羽毛一片片散落下来，在风中打着旋。渐渐地，它的力气快耗尽了……

蟒蛇得意得脸部都扭曲了，眼珠子也变得贼亮贼亮的。

雄双角犀鸟眼看自己就要成为蟒蛇的盘中餐，突然尖叫一声，猛地收敛翅膀。蟒蛇正在用力拖拽，突然一松劲，脑袋就不由自主向后倒去，撞在树干上，咚的一声，蟒蛇眼冒金星。

雄双角犀鸟乘机贴近蛇头，用力一啄，把蟒蛇的右眼啄瞎了。蟒蛇疼极了，头使劲一拧，咔嚓一声，把雄双角犀鸟的左脚扭断了。

雄双角犀鸟飞上天空。

蟒蛇瞎了右眼，看不清楚，脖子一弓一弓地向天空乱咬。

雄双角犀鸟忍住伤痛，飞到蟒背后，冷不防又狠狠一啄，把蟒蛇的左眼也啄瞎了。

瞎蟒蛇疼得从槟榔树上摔下来，在地上打滚。雄双角犀鸟对准它乳白的蛇腹连连啄击。蟒蛇胡乱逃窜，滚下了悬崖，摔得稀烂。

"咯咯——咯咯——"

雄双角犀鸟欢叫着，向莽莽森林飞去，召唤那些逃散流浪的鸟儿回葫芦岛来重建安宁幸福的乐园。它那被蟒蛇咬断的左脚流出一滴滴殷红的鲜血，一路洒在碧绿的草地上，像一朵朵美丽的小红花。

象　警

沈石溪

那天下午，我顶着太阳到大黑山挖一种名叫萝芙木的草药，累得大汗淋漓，口干舌燥。回家途中，我想拐到罗梭江的大湾塘去喝口水洗个澡，解解乏。

西双版纳漫长的干季，烈日如焰，空气干燥得像划一根火柴就能点燃，树叶被烤得焦黄，水塘干涸，溪水断流，方圆百里的大黑山中只有那条在谷底蜿蜒穿行的罗梭江是唯一的水源。

这一带属自然保护区，人迹杳然，热带雨林层层叠叠的。夕阳西下，燥热的天气透出一丝凉爽。我顺着大象甬道往前走，快走出老林子时，突然听到前方有杂沓的脚步声和嘈杂的鸣叫声，牛哞、羊咩、马嘶、鹿鸣、猪吼、狗吠、豺嚣、鸡啼、鸭嘎、兔叫、鼠吱，听起来就像一个游牧部落携带着牲畜家禽在赶路。

我怕遭遇不测，赶紧离开大象甬道钻进一片密不透风的灌木丛里。藏严实后，我轻轻拨开枝蔓望过去，简直不敢相信自己的眼睛——在罗梭江大湾塘的树林边缘，拥挤着野牛、斑羚、盘羊、野猪、豺狗、猪獾、马鹿、草兔、黄鼬、孔雀、白鹇、锦鸡等二三十种动物，大大小小有一两百只，就像童话中森林里的动物集合开会一般。

空间不大，这么多动物聚在一起，一会儿野猪撞着野牛，一会儿草兔踩着锦鸡，秩序有点乱。其中绝大多数都是草食动物，但也有杂食动物野猪和猪獾，还有一只惯会偷鸡的黄鼬和两只属于肉食猛兽类的红毛豺。奇怪的是，黄鼬并未扑向近在咫尺的白鹇，马鹿好像也不怎么害怕蹲在自己身边的红毛豺。

我可不相信不同种类的动物会像人那样聚在一起开会，尤其是肉食动物和草食动物，天生就是吃与被吃的敌对关系，怎么可能和平共处呢？一定是发生了极为特殊的事情，迫使这些动物聚集在一起。

我仔细观察，那对红毛豺，舌头拖得老长，干得就像晒瘪的茄子，豺眼贪婪地眺望着罗梭江；野牛和斑羚舔着干裂的嘴唇；孔雀张着嘴，断断续续发出嘶哑的叫声……

哦，我明白了，这些动物在炎热的山上活动了一天，极度干渴，或者说已渴得嗓子冒烟，火烧火燎般难受，黄昏时分想到罗梭江饱饮一通，洗洗澡。口渴抑制了红毛豺狩猎的冲动，它们现在只对水感兴趣，而对近旁的捕猎对象漠然视之。由于想水想得心焦，盘羊和马鹿忘了身边的危险。

需要说明的一点是，大黑山地势险恶，罗梭江在崇山峻岭间奔流，这一带上百里长的江岸，都是陡峭的悬崖，只有猿猴才有本事从悬崖攀援而下到江边饮水。大湾塘是两座山脉之间的一道豁口，是森林到江畔唯一的平坦通道。干季，大黑山里的许多动物只能到大湾塘饮水。

它们都渴得难以忍受了，而水雾蒸腾的罗梭江近在眼前，从树林边缘走过去，穿越一片五六十米宽的白沙滩，就能享用到江水了，可它们为何滞留不前呢？

我好奇的目光向江边延伸，只看了一眼就什么都清楚了——耀眼的白沙滩上，躺卧着五六条大鳄鱼，另有七八条鳄鱼在江中游弋。

这是典型的恒河鳄，皮肤呈暗橄榄色，粗糙得就像披了一层鳞甲，最大的一条约有五米长，露出一口锯齿似的利牙，让人心惊胆战。

显然，这些凶猛的恒河鳄使得宁静的大湾塘变得血腥恐怖，变成了名副其实的屠宰场。任你是野牛还是红毛豺，只要一跨进罗梭江，就会被这些鳄鱼咬住腿拖进江心活活淹死，撕成碎片。

在岸上看起来笨拙迟钝的鳄鱼，一到水里，就变得轻盈灵活，力大无穷，连孟加拉虎都要畏惧三分。

这些守候在大湾塘的鳄鱼，用狰狞的眼光望着在树林边缘踟蹰不前的动物们，正等着它们前去送死呢！

就在这时，我听到身后传来雄浑嘹亮的象吼，树枝摇曳，雀鸟惊飞。不一会儿，树丛间那条蔚为壮观的绿色甬道里，出现七头大象和一头乳象，排成一路纵队，雄赳赳朝大湾塘开进。为首的是一头高大魁梧的公象，瓦灰色皮肤泛着油光，一对长牙闪着寒光。

一见象群驾到，所有的动物都两眼放光，露出欣喜的表情，野牛发出哞哞的欢呼声，小鹿蹦蹦跳跳载歌载舞，孔雀开屏表达喜悦，就连两只红毛豺也不断摇甩尾巴隆重迎候。那情景，就像是终于盼来了救星。

象群跨出树林，在白沙滩上由一路纵队散成扇形，挥舞长鼻，撅起象牙，高声吼叫，阔步向前。动物们兴高采烈地跟在大象们后面，浩浩荡荡拥向江边。

那些在沙滩上晒太阳的鳄鱼刚才还神气活现的，一见大象压境，立刻掉头窜进江去。

在西双版纳密林，只有大象真正不怕鳄鱼。大象重达数吨，任你是多大的鳄鱼，撼山易，撼大象难。象蹄能踩扁鳄鱼的脑袋，象牙能捅穿鳄鱼的身体，象鼻能劈断鳄鱼的脊梁，所以只要象群在河里洗澡汲水，鳄鱼就会识相地游开。

七头成年大象跨进江去，每一头象相隔一定的距离，往前走出二十来米远，走到水深约一米的地方，在浅水区布下一道椭圆形的警戒线。跟在大象后面的动物们纷纷跳进这块安全水域。大湾塘喧闹欢腾，溅起一朵朵浪花，在瑰丽的晚霞中变幻着奇异的色彩。

我躲在灌木丛里看得心痒眼馋，我身上汗津津的，也想跳到江里去洗个澡。我想，这么多不同种类的动物混杂在一起，再混我这么个人进去，大概也不会惹什么麻烦的。

干季的罗梭江，清澈见底，带着一股野花的馨香，喝着甘甜，泡一泡润肤养颜。有大象免费为我站岗放哨，我干吗不跳到水里去享受一番？我当机立断，脱光衣裳，手脚并用，学着动物的爬行姿势，爬到江边，扑通跳了进去。

浅水区热闹得就像动物在过狂欢节，野牛刨了个沙坑，把整个身体埋进去，只露出一对琥珀色的犄角；孔雀啄起一串串晶莹的水珠，梳理自己艳丽的羽毛；野猪像一台高效抽水机，呼噜呼噜一个劲猛喝水，肚子鼓得像个皮球，又哗哗排泄出来，很不讲卫生；淘气的小鹿和那头乳象玩起了打水仗，小鹿奔跑着扬起一朵朵水花泼在乳象身上，乳象的鼻子像水枪似的向小鹿喷射……谁也没有注意我，大概是把我当成一种借大象的光到这儿来饮水的猿猴类动物了。

这时，一条五米长的大鳄鱼贼头贼脑地游过来，甩动扁平的大尾巴，哧溜一个猛子，想从两头大象之间的空当冲破警戒线。那头大公象警惕性颇高，迅速赶上来，高高举起长鼻，气势凌厉地猛劈下去，正中大鳄鱼的腰。大鳄鱼翻起白肚皮，泅进江底逃走了。

"噢——噢——"大象们愤怒地吼叫起来，就像擂动巨大的战鼓，震得江面微微颤抖，在警戒线外游弋的鳄鱼们纷纷后退。

一只盘羊大概是玩得太高兴了，忘了危险，竟然跑到警戒线边上来了，眼瞅着就要跨出警戒线。突然，一头母象走过来，卷在胸前的长鼻子嗖地弹射出去，就像一根善意的警棍，挡在盘羊面前。粉红色的大嘴发出柔和的叫声，仿佛在说：请注意安全，不要再往前走了！

盘羊立刻顺从地掉转头，回到安全水域。

我发现，到这儿来饮水、沐浴的动物，把警觉与戒备都置于脑后了。兔子就在黄鼬面前喝水，马鹿就在红毛豺跟前嬉戏，谁也不提防谁，谁也不躲避谁，好一派和平景象。

我洗着澡，一只小斑羚跑到我身边来了，我伸手摸摸它的背，它也不在乎，还傻乎乎地用舌头舔我的手臂。我突然冒出一个念头，趁小斑羚现在不设防，我完全可以用藤索套住它的脖子，洗完澡后，来个顺手牵羊，白捡个便宜回家！

　　我爬回白沙滩，寻找合适的藤索。突然，浅水区传来马鹿惊慌的鸣叫，我扭头望去，原来那对红毛豺喝饱了水，解决了干渴的问题，就野性萌发，想逮住那头小马鹿。肉食兽是改变不了茹毛饮血的本性的。

　　母马鹿一面护卫着自己的宝贝，一面呼叫求援。西双版纳没有狼，豺是亚热带丛林中最优秀的猎手，凶猛残忍，猎杀本领高超，有勇有谋。一只红毛豺正面与母马鹿周旋，另一只红毛豺绕到小马鹿背后，龇牙咧嘴扑蹿上去……

　　瓦灰色大公象听到母马鹿的呼叫后踩着水飞快地赶往出事地点。动作敏捷的红毛豺已跃到半空，豺爪已快碰到吓得晕头转向的小马鹿，瓦灰色大公象还离着好几步远呢。说时迟，那时快，象鼻在江里猛汲了口水，就像高压水龙头，喷出强有力的水柱，不偏不倚射中丑陋的豺头。红毛豺被冲得歪向一边，扑了个空，扑通掉进水里。红毛豺不甘心失败，跳起来还想逞凶。大公象大发雷霆，撅着象牙小山似的压过来，那对红毛豺赶紧逃上白沙滩。大公象追上去，一脚踢在一只红毛豺的屁股上。那只红毛豺滚出好几米远，吓得屁滚尿流，哀嚎着逃进树林。

　　我将找到的藤索又悄悄扔掉了，我可不想挨大象的揍。

　　太阳从山峰背后滑落下去，最后一抹晚霞从江面消失，紫色的暮霭悄悄从河谷蔓延开来。瓦灰色大公象扬起鼻子发出一声悠长的吼叫，动物们就像听到了某种指令，纷纷从水里爬上岸，象群殿后，有秩序地开始撤离罗梭江。

我手脚并用，混在动物群中间往岸上撤，不小心一脚踩在一块长满青苔的滑溜溜的卵石上，身体失去平衡，栽倒在齐腰深的水里。慌乱间，突然有一只柔软的"手臂"扶稳了我的腰，把我从水里拉了起来。抬头一看，哇，是一头母象帮了我一把，它用长鼻子钩住了我的腰。"喔嗬呜……"象嘴里吐出一串含混不清的音节，好像在对我说：白色的裸猿，别紧张，慢慢走。

很快，所有的动物都登上白沙滩，孔雀、白鹇和锦鸡已拍着翅膀钻进密匝匝的树林里去了，走在最后面的那头瓦灰色大公象也踩着稳实的步子登上岸来。这时，发生了一件意外的事，一只小斑羚大概是太贪玩了，刚登上白沙滩，突然又扭头跑进江去，兴奋地蹦跶耍闹。母斑羚急忙追进江去，焦急地咩咩叫唤，想把小家伙赶上岸。但不懂事的小斑羚竟然和妈妈玩起了捉迷藏，躲躲闪闪就是不愿上岸。

暮色苍茫，刚才被大象吓走的鳄鱼群这时又游聚过来，贪婪、饥饿地瞪着眼睛，迅速朝小斑羚冲来。

心急如焚的母斑羚凄厉地叫起来。

已登上岸的瓦灰色大公象扭头看了看，重新下到江里，跑到小斑羚身边，像一尊威严的守护神，警惕地注视着已游得很近的鳄鱼群。

终于，调皮的小斑羚被妈妈赶上了岸，安全地撤离白沙滩，隐没在黑黢黢的密林里。瓦灰色大公象这才长长舒了口气，将长鼻搭在牙弯上，最后一个离开大湾塘。

它真像是尽忠职守的警察，在履行自己神圣的使命。

大灰熊卡普

[加拿大] 西　顿

1

灰熊卡普 1880 年出生于美洲西部的立陶尔帕伊尼河上游，那附近有一个帕雷图牧场，我曾在这个牧场上生活过一段时间。在这里我要讲的关于卡普的故事也可以说是我对那段日子的回忆。

卡普的母亲是一只再普通不过的灰熊，它喜欢过安静的日子。母熊生了四只小熊，现在正好是七月份，它想早点把孩子们带到古雷布尔河去。熊是根据季节来迁移的，它们总能发现有好食物的地方。

母熊把它的孩子们都带到了古雷布尔河，它在那里教会它的孩子们草莓是一种什么样的东西等。母熊希望它的孩子们日后都能成为出色的熊，但是这些小熊都还小，给人一种不放心的感觉。被暖乎乎的毛皮包着的小家伙们有着高大强壮的母亲的守护，每天都过着快快乐乐的日子。

夏天的山上，可吃的食物很多。每当母熊举起原木或者是平平的石头，小熊们便争先恐后地钻到原木或者石头下面，舔食起蚂蚁和蛴螬来。那种时候，小熊们一次也没想过妈妈的手若是松了，原木或者是石头掉到它们的头上将会怎样。它们一边用可爱的声音嗷嗷地叫嚷着，一边争着想先吃到食物。这些小熊看起来简直就像小猪、小狗，或者是小猫那样可爱。

这天，母熊带着这些小熊来到了一个大蚂蚁窝跟前。四只小熊到处追舔着那些从蚂蚁窝里钻出来的蚂蚁，但是小熊们吃到的沙子和仙人掌的刺儿比它们吃到的蚂蚁还要多。于是母熊就教给了它们一个很好的办法，那就是把蚂蚁窝的上方给弄塌，再把前脚伸进去，让蚂蚁爬到自己的脚上来，这样就能舔食它们了。

小熊们迅速地模仿起来。四只小熊蹲在了蚂蚁窝的周围，把两只前脚都插进了蚂蚁窝里，好让蚂蚁爬上来。它们的样子看上去简直就像人类的小孩子在做游戏一样。

小熊们各自舔着爬到自己前脚上的蚂蚁，也有舔食旁边的小熊前脚上的蚂蚁的，这样，打架就是避免不了的了。

因为蚂蚁是一种酸性食物，所以吃过蚂蚁之后小熊们就渴了，然后母熊就带着这四只小熊来到河边，喝起水来。

在河里的坑洼中，母熊发现有很多鱼，于是母熊用只有熊才能听懂的话对它的孩子们说："喂，大家都坐在岸上，我们来学习一种新本领。"

母熊走到坑洼边，搅动起水底的泥，于是，泥水就像黑云一样在坑洼里翻滚，然后，它悄悄地离开，上了岸，紧接着就扑通一声跳入浅水里。

鱼受了惊，都很慌乱，它们赶快逃进了浑浊的泥水里，可是，在众多的鱼里有几个冒失鬼穿过了泥水，向清浅的地方游去。

而母熊正等候在那里，它把游过来的五六条鱼一条一条地抓起来扔到了岸上，小熊们立刻向这几条鱼扑去。

小熊们吃得饱饱的，肚子里再也装不下别的东西了。它们看起来就像玩具气球一样圆鼓鼓的。

吃饱了以后，小熊们都困了。所以母熊又带它的孩子们到静静的背阴的地方去。阳光太强的话，小熊们就会热得呼哧呼哧直喘气。母熊一横躺下来，小熊们就把脑袋扎进母熊的身体下面，睡了起来。

在这四只小熊里有一只长得很大、看上去最健康的，它正在那儿自己跟自己玩。它就是日后被我们称作卡普的灰熊。

小熊们睡完午觉后一睁开眼睛，就互相扭成一团玩了起来，其中有两只小熊搂在一起，骨碌碌地从土坡上滚了下去，它们大声地叫喊起来。

听到孩子们那悲惨的叫声，母熊一跃而起，以极快的速度跨过了土坡，正赶上一头公牛向小熊们袭来。

"呜噢……"母熊向公牛猛扑上去，骑上公牛的背，用它那尖锐的趾甲挠破了牛背。

公牛狂怒地吼起来，它驮着母熊狂奔而去。母熊在途中从它身上跳了下来，因为母熊清楚地知道，使劲抱住对方，自己永远都是危险的。

公牛从斜坡上滚落下去，愤怒和疼痛使它吼叫着，最终它还是回到了牛群里。

2

帕雷图上校饲养了很多牛，他也因此而出名。这天，上校一边骑着马来回巡视牛群，一边在想应该给自己新建的邮局取一个什么样的名字才好。

在上校经过里姆罗库山的山脚，往古雷布尔河那面走去时，他听到了只有公牛内部之间发生争斗时才会发出的牛叫声。起初他并没怎么在意，继续催马往前走。绕过悬崖角时，上校看到了他的牛群，他也知道了是那头满身是血的公牛在嗥叫。

"是灰熊干的。"上校对山里的事情知道得很多，他这么嘀咕了一句，就立刻向牛群驰去。上校顺着血迹，搜寻起熊来。

上校沿着血迹一走到土坡上，就立刻握住了枪，因为他一下子就看到了对面的灰熊母子。

母熊立刻发出了警告的叫声，它向森林里跑去。小熊们跟在它后面。

"嗒、嗒、嗒……"上校的连发子弹枪响了起来，母熊和小熊都被打中了。有一只小熊立刻就倒下不能动了，母熊也感到身上有一块地方剧烈地疼痛，它马上吼了起来，转身向上校扑去。

"嗒！"上校的枪又响了一下，母熊躺倒在地上，全身再也动弹不了，就这么死去了。

小熊们都不知该如何是好，它们向躺倒的母亲走去。"嗒、嗒……"那只淘气的小熊和卷毛的小熊都发出痛苦的呻吟声，躺倒在母亲身旁，然后就断气了。

卡普太害怕了，它不明白这到底是怎么回事，它在妈妈和自己的兄弟们身边来回走着。然后，它猛地一个转身，向森林跑去。

就在卡普刚跑到森林边时，又是嗒的一声响，它的一只后脚感到了剧烈的疼痛，不能动了。尽管如此，卡普还是滚进了森林。

上校为了纪念他在一天里打死了四只熊，就给自己的邮局起名叫"四只熊"邮局。

那天夜里，山上的森林里有一只小熊，它一边悲伤地呼喊着妈妈，一边拖着自己那只疼痛的伤脚来回走着。小熊的脚印每隔一步就有一块血迹。

由于肚子饿了，再加上感到有些冷，所以，卡普一边颤抖一边悲伤地打着响鼻。它在松树林里来回地踱着步。

过了一会儿，有一股不是同类动物的气味传了过来，而且还有脚步声。卡普真不知道现在该怎么办才好，它就上了树。不久它就看见有几只脑袋和腿都很长的动物向这边走了过来。卡普以前见到过它们，可那时它是和自己的妈妈在一起，所以当时它一点儿也没感到害怕。现在，它却紧张得不敢出声。那些动物实际上是鹿，它们一从卡普爬上的树下走过，就都像是吓了一跳的样子，马上跑开了。

卡普到了早晨才从树上下来，它又回到了古雷布尔河，它想到同母亲和兄弟们分别的地方去看看。

一到了帕伊尼河，它就把自己那只受伤的脚浸到了冷得像冰一样的水里。然后它走到古雷布尔河边——那个昨天大家在一起吃鱼的地方，那里放着几条昨天没吃完的鱼，卡普把剩下的都吃了，填饱了肚子。

卡普拖着疼痛的脚走着，这时又传过来一种令它害怕的气味。卡普小心地向对面望过去。

它看到对面聚集着很多草原狼，它们都在接连不断地撕扯着什么东西。卡普不知道那些草原狼到底在干什么，但有一点它却清楚，那就是妈妈的躯体没有了，只留下了一种特别难闻的气味。

卡普偷偷地离开，重新返回了森林。并且自那以后，它就再也没有出去寻找过它的家人。

卡普想见到它的妈妈，但是却有什么东西令它知道就算找下去也是徒劳，所以它就放弃了寻找。

寒冷的夜晚到来了。卡普更加思念自己的妈妈，它拖着疼痛的伤脚打着响鼻来回地踱着步。

肚子瘪了，伤口还很疼，多想找一个暖和的地方休息一会儿啊！可是就连这种能够使心里得到安慰、静静地休养身体的暖和地方都没有。

就在那天夜里，卡普发现了一个木桩，那里面是空心的，它就钻了进去。然后它就睡着了，并且梦到了妈妈用它那又大又松软的手掌轻轻地拍着自己，它发出了低低的呼呼声，沉沉地睡去了。

卡普对这个木桩里的窝感到很满意，所以，从第二天开始，它白天偷偷地出来寻找食物，到了晚上就又回到木桩那儿，钻到里面去。

白天寻找食物时，卡普尽可能小心地让谁都发现不了自己，因为它的脚还很疼，被敌人追起来，是跑不快的。

3

卡普原本就是一只性格不太开朗的小熊。现在，它比以前更忧郁了，整天阴沉着脸，一副郁郁寡欢的样子。这都是因为在它成长的过程中，遭受了连续不断的打击而造成的。

卡普好不容易找到了一个木桩里的窝，不用再提心吊胆的了，但这样的日子却没能持久。

有一天夜里，卡普回到了木桩那儿，它往里一看，有一只动物比它早一步进去了。那动物的块头同卡普差不多大小，身上长着仙人掌一样的刺，那是一头豪猪。

对方是一个满身是刺的家伙，看来自己无论如何是打不过它的，没办法，卡普只好去寻找另外的窝。

有一天，卡普到母亲告知它的地方去挖草根。它一挖土，突然，从地洞里跳出来一个灰色的家伙，还向卡普猛扑过来。

那是一只獾，它同此时的卡普长得一般大小，但它可不是一只好惹的动物，所以卡普吓得只有拖着伤脚逃跑的份儿。

卡普跑到了一个溪谷。它中途一次也没停下来。到了那儿一看，有一只草原狼正唆使着同伙想给卡普点儿颜色看看。

卡普慌忙爬上了树。

对卡普来说，它觉得任何其他种类的动物都是敌人，无论走到哪里，它都没碰上一个朋友。敌人总是一个接一个地出现。如果妈妈现在还活着的话，就能教会卡普很多东西，卡普得的各种疾病也会得到妈妈的及时治疗。但是现在只剩下卡普自己了，所以，遇到敌人、生病还有受伤这类事，就都得靠它自己来想办法解决。

病魔也一次次地向卡普袭来，每一次都把卡普折磨得够呛，好在它生来就有一个好身体，否则它大概怎么也活不下去了。

有很多树都结了果实。有一天，卡普吃完了被大风刮落的果子之后，有一只黑熊走了过来。

卡普立刻警惕地爬上了树。可是黑熊追着卡普也向树上爬去，把已经登上了树顶的卡普给摇到了地上。卡普往下掉到一半时就已吓得半死，大叫着逃走了。黑熊没再追过来，大概因为它是灰熊的近亲的缘故吧！

这样一来，卡普就被逐出了有着很多食物的森林。它向小河边逃去，可是那里已经没有草莓了，也没有鱼和蚂蚁了。

卡普带着病重的身体和悲伤的心情，孤零零地在麦迪慈河边徘徊着。

有一只草原狼跑了过来。卡普转身就逃，可立刻就被草原狼追上了。卡普不顾生死地回身面向草原狼，这只草原狼感到害怕了，大叫一声就跑掉了。卡普自此之后就学会了这么一个道理：若想要和平，就必须去战斗。

这里可吃的东西很少，又有很多牛，所以卡普决定去找生长着菠萝的森林。这时，卡普又一次看到了人类，同那个极悲伤的日子里碰到的人类很相似。周围立刻响起了一声枪响，砰的一声，树叶连着枝条都落到了卡普的头上。

妈妈和兄弟们被枪杀的情景立刻浮现在了卡普的脑海里，它以飞快的速度跑了起来，跑到溪谷那儿，正碰上一头母牛跑了出来，直冲向自己。卡普慌忙跳上树桩顶处，又看到旁边有一只山猫，它冲卡普嗥叫起来："离我远点儿！"

卡普骨碌一下返回到地面，登上了一个满是岩石的陡坡，滚到了另一个森林里。

可是它一到了森林里，很快就引起了轩然大波。那些松鼠收集的果实都被卡普给吃了，所以它们吵嚷起来。卡普觉得松鼠这样大吵大闹或许会把敌人给招来，就来到了一个远离森林的地方。那里是大角羊们的住处，岩石特别多，也没有什么可吃的东西，但卡普能在那里好好地休息。其他的地方敌人比比皆是。

卡普被不计其数的敌人欺负过，性情越来越乖僻了。可是尽管如此，森林里的动物们都不让它静静地待上一段时间。而且不光是这些动物，人类发现了卡普也会射杀它。

但卡普有时也多亏了这些在森林里居住的动物们，它从它们身上学会很多。比如，它经常用自己那敏锐的鼻子，去寻找松鼠收集到一起的树上的果实。

松鼠收集很多果实以备冬天之用，可是却被卡普发现了，于是它们开始互相争吵起来。卡普发现了这些久违的食物后，高兴极了，它把这些松鼠储备起来过冬的食物全都吃到了自己的肚子里。

有一天夜里，卡普来到小河边散步，有一种好闻的香味飘了过来。这种味道是从沉到河底的木桩那儿发出来的。卡普伸出了前脚，想把那个木桩弄过来，只听到咔嚓一声，一只前脚被一个铁圈套给夹住了。那是一个用来捕捉海狸的铁圈套。

卡普大叫着，用力一拽，就把同铁圈套拴在一起的木桩一同拔了出来。卡普来回地摇动前脚，想把前脚从铁圈套里抽出来，可是却没有成功，它就拖着铁圈套跑了起来。过了一会儿卡普就停下来了，它用牙去咬，可是那东西却一点儿也没松，反而把自己的牙硌得生疼。

尽管如此，卡普仍做了许多种尝试：它又用牙咬，又用爪子拽，又往地上磕，可这些都不管用，它把铁圈套埋到了土里，自己使劲往树上一攀。但是那个讨厌的东西还是紧紧地咬在前脚上，而且还不止如此，那东西竟还嵌到了它前脚的肉里。

卡普回到森林便钻进了灌木丛里。它用小眼睛一直盯着那个讨厌的东西。对卡普来说，它一点儿也弄不明白那个咬住自己前脚的很厉害的东西到底是什么，为什么不离开自己的前脚。卡普疼得难以忍受。它用另一只前脚压住那东西，咬住另一端往外用力，那东西竟一下子松开了。

卡普没想到自己用另一只前脚压住那东西的一端，用嘴去咬外侧的弹簧，就同时把两个弹簧推回去了。它并没弄明白那么缠人地咬住了自己的敌人为什么突然一下子就松了口。

从那时开始，卡普就再没忘掉这种从敌人口里逃出来的办法。而且，在它那笨笨的小脑袋里竟产生了这样一个念头：在水边，隐藏着一个专门等待猎物上门的很厉害的小敌人，那东西发出一种好闻的香味，而且它专门往脚上咬，你想把它咬死，可它太硬，你的牙齿会被硌得生疼，但是你只要轻轻地一压，它就能把嘴巴张开。

卡普终于摆脱了铁圈套的纠缠，在它后脚被枪打中疼了一周后，这次前脚又受了伤。

秋天到了。山上的麋鹿鸣叫起来，迎接秋天的到来，它们发出的声音就像吹喇叭一样。野雁嘎嘎大叫着从卡普的头上飞过。

卡普有几次被雄麋鹿追赶着逃到了树上。

秋天这个季节，猎人都开始出动了，他们走进了森林。不久，森林里出现了以前从未闻到过的气味，而且这种味道在逐渐地变浓。卡普循着气味追了过去，它来到了一个有着一些小木桩的地方。那里除了能闻到诱使卡普走过去的气味外，还掺杂了另一种气味，这种气味令卡普回想起了母亲被杀死时的情景。

卡普特别小心地又嗅了嗅附近的气味，那种讨厌的气味不算太强烈。另外，有一种好吃的肉的香味从木桩旁边的灌木丛里飘了过来。卡普拨开灌木丛，看到里面有一块肉，它就用嘴咬住了，只听咚的一声，一根木桩向它眼前砸来，那是木桩制成的圈套。

卡普吃了一惊，马上跳开了，但它却没放下口中的肉，而是叼着肉跑掉了。这件事让它又长了见识，并且铭记在心：凡是有那种讨厌的人类气味的场合，就一定会碰到一些倒霉的事。

天气渐渐地冷起来了。卡普很困乏，霜降的日子它竟睡了一天没起来。到处都能找到可以睡觉的地方，暴风雨的日子、温暖的晴天……它根据不同的天气而改换不同的睡觉地点。

卡普过着不断被追逐的生活，但它却总能找到可吃的食物，所以它的身体变得胖乎乎、圆滚滚的。

白天的时间渐渐地变短了，夜晚越来越寒冷。终于有一天，风载着雪花飘落下来。卡普钻进了暴风雨来临时它当成避风港的树洞中，蜷着身子睡着了。

外面狂风怒号，下起了大片的雪花。

暴风雪从山上往下刮，一直刮到了山谷，把所有坑洼不平的地方都逐一给填平了。

雪在卡普待的树洞外也堆积了厚厚的一层，不久就把卡普完全封在了里面。树洞被雪严严实实地封住，洞里变得很暖和，卡普就在那里昏昏沉沉地睡了起来。

4

卡普在冬天里一次也没醒来，它一直睡下去，这种现象被称为熊的冬眠。熊在寒冷的冬天一直沉睡不醒地度过。

春天来了。卡普一睁开眼睛就感觉到肚子饿了，于是它就拨开树洞外面的积雪，走到外面去寻找食物。

外面春寒料峭，草莓和菠萝的果实还没有长出来，也见不到蚂蚁和鱼。但这时却从山上传来了一股好闻的味道。

卡普顺着香味来到了山上，发现了一头耐不住冬天的严寒而倒毙在地上的麋鹿，卡普立马就吃了起来。但它无论如何也不能一下子都吃完，于是就把剩下的部分埋进了土里。

后来的几天，卡普每天都来到这个埋着麋鹿的地方填饱肚子。最后，它把整头麋鹿都吃光了，之后它就找不到其他可吃的食物了，卡普日渐消瘦下来。

卡普走进了茂密的森林里，它闻到了另一只灰熊的气味，于是它就向一棵高树走去。卡普站立在那棵树下，用鼻子使劲地嗅了嗅，那只灰熊的气味更强烈了。卡普看见树干上它够不到的地方留有沾着泥土的灰熊的毛。

长时间以来卡普就一直想遇到自己的同类。如今，知道了另一只灰熊的存在，它竟有些担心起来。

这时，它看到一只老灰熊从斜坡那面下来了。老灰熊太大了，大得简直像一只怪物一样。卡普吓得赶快逃走，跑到了一个能清晰地看见那只怪物身影的悬崖上。它站在那里往下一看，正好看到那只老灰熊循着卡普踩出的脚印一路走过去。老灰熊生气地吼叫着，向着那棵高树走去，然后，它在那棵树的旁边站立起来，用爪子撕起树皮。那高度是卡普无论如何也够不到的。

然后，老灰熊就朝卡普这边追了过来。卡普看到这一幕，又赶紧逃开了。卡普翻过一座山，逃回了麦迪慈河边。

一回到河边，它就知道自己可以在这里安静地生活下去了，这里可吃的食物很少，所以几乎看不到其他的动物。

在野生动物的世界里，强大的动物大都在食物众多、土壤肥沃的土地上生存，而弱小的动物则生存在可吃的食物很少的土地上，勉勉强强度日。

夏天来了。

到了卡普换毛的时候了。它感到浑身发痒，所以总是到泥里打滚，或者是找一些大树使劲地蹭自己的身体。这样一来，它的心情就会变得格外舒畅。

卡普常常在树上蹭自己的身体，过个一两周再到那些它蹭过的树上去看，那些蹭过的痕迹都有变化，卡普正以迅猛之势成长着。

卡普在很多树上都留下了它的身体蹭过的痕迹。它在那些树的近旁耀武扬威地踱着步，那里成了它的领地，那些它蹭过的树就是它所占领的势力范围的界线。

有一天，卡普在自己势力范围内的土地上，看到了一只黑熊，这极大地触怒了卡普。那只黑熊走近了一些，它浑身的气味便随风飘送过来。

卡普闻到那只黑熊身上散发出来的气味，一下子就回忆起了很多往事——是那只曾驱逐过自己的黑熊。可是，那只黑熊怎么忽然之间就变小了呢？这事可太奇怪了。实际上，是卡普长大了的缘故。

卡普一下子就蹿到了黑熊面前，于是，黑熊就像松鼠那样慌慌张张地向树上爬去。卡普想让那只黑熊也尝一下自己曾遭受过的痛苦，于是它想跟在黑熊后面也爬上树去，可是它却没有攀上树。因为此时卡普的前掌已变得又粗又大，已经失去了灵活性。

于是卡普断了这个念头，从树下走开了。当它后来又一次从那棵树下走过时，黑熊已经不知道到什么地方去了。卡普把自己以前惧怕过的一个敌人从自己的领土上赶了出去。

有一天夜里，随风飘过来一阵好闻的香味。卡普循味走过去，发现了一头公牛的尸体，四周围着几只草原狼，但是这些草原狼看起来比自己以前遇到过的要小很多，这无疑也是卡普长大了的缘故。在公牛尸体的身边有一只草原狼，它在月光下像疯了一样跳来跳去，卡普都来到它跟前了它也没逃走，还是在同一个地方乱蹦乱跳。原来，这只草原狼被铁圈套给夹住了。

卡普想起以前被草原狼欺负过，不由得怒火中烧，向着这只草原狼就冲了过去，瞬间就把草原狼给撞得稀烂。可是紧接着就听到咔嚓一声，卡普也被铁圈套逮住了，这可难不倒它，卡普已经知道怎样松开铁圈套了，它马上又成了自由之身。

5

夏天一过去，卡普就长成了一副雄健的体格，身体的毛色也变成了相当明亮的颜色。

当时，有一个叫斯帕瓦图的印第安人几次追逐卡普。卡普的名字也是这个印第安人给起的。

斯帕瓦图是一个出色的猎人，他是看到了卡普在树上蹭动身体时留下的痕迹之后才知道有这样一只大熊的，于是他便开始追踪起卡普。

有一天，卡普听到了砰的一声枪响，随即就感到自己后脚一阵剧烈的疼痛。伤不太重，它不管不顾地逃着，越过了几座低矮的山丘，躲到了静静的洞穴里。

卡普躺倒在洞里，舔着伤口，它尽可能地一动不动。野生动物在治愈伤口和驱赶病魔时，只能靠自己。

印第安人继续在后面追逐着卡普。没过多长时间，卡普就闻到了有敌人的气味向自己这边靠近。

卡普偷偷地走出了洞穴，悄悄地登上了山。可是印第安人随后也追到了那里，于是它又向另外的地方转移。

这之后，卡普几次被追赶着逃走。不久又是砰的一声枪响，卡普又受了一些擦伤。

卡普极度愤怒。自从妈妈和兄弟们被杀死的那天起，它就很害怕人类和铁器还有枪声。可是如今，卡普心里的恐惧全部都消失了，对那个死缠住自己不放、令自己几次受伤的敌人，卡普是真的生气了。

它拖着疼痛的身体登上了山，走到了突出的岩石下面，然后把自己隐藏了起来。

过了一会儿，印第安人从后面追了上来。他一边注视着卡普的血迹一边嘿笑着。他大概以为猎物马上就要到手了吧！

印第安人蹑手蹑脚地紧逼过来，可是他却没想到朝卡普藏身的岩石上看一眼。卡普支撑起受伤的、一个劲儿颤抖的后脚，站直了重重的身体。然后，在印第安人来到岩石下面时，它抬起没有受伤的前脚，全力以赴地向下拍去。

印第安人冷不防地受了这么重的一击，都没来得及叫上一声，就一下子落到了悬崖底下。这样一来，卡普又得出了一个教训：为了生存，有时候必须要采用武力。

日子像以前那样静静地流逝，卡普的身体越来越大了。它已六岁了，体格强壮，能同卡普相匹敌的敌人已经不存在了。

自从幼时母亲和兄弟们被害死之后，卡普一直都生活在没有友情和爱情的日子里，长大以后它也没有娶妻。随着它的体大力强，卡普性情的乖僻程度也越来越深。偶尔碰上卡普的人，都把卡普当成"可怕的灰熊"。

对卡普来说，现在没有什么对手是令它感到害怕的，只有铁器、人类还有枪声可能令它感到恐怖，但那些却是不常碰到的。

卡普在生活中依靠的是自己的鼻子。

有一天，它的鼻子告诉它："下面的森林里有死去的麋鹿。"于是，它就顺着风传过来的气味走了过去。

一看，那可口的猎物仍然躺倒在那里，虽然中间掺杂着些微铁器和人类的气味，可是同那种气味相比，诱人的香气要更强烈一些。

卡普小心翼翼地在猎物的四周来回地走着。它用后腿站立起来，从高处俯视着它的这顿美餐，等它确信没有什么可疑之处后，就向着那猎物走了过去。

这时，就听到咔嚓一声，卡普的左前脚被圈套捕住了。

"哇——嗷！"卡普嗥叫着跳了起来。

一阵剧痛使卡普暴怒了，它往上跳着，刚开始时不知怎么办，可是不久，卡普的脑海里闪现出了过去的情景。于是它试着用两只后脚压住圈套，但是圈套却丝毫未动。这可不是捕海狸或捕狼用的铁圈套，而是强力捕熊机。

卡普的脚一直被扣在捕熊机里，它就拖着捕熊机连同一端拴着的木桩吧嗒吧嗒地向山上跑去。

卡普用尽了办法想从捕熊机里抽出自己的脚，但无论怎么做都没有用。这时，它来到了一个地方，这里有一棵粗大的树，树干是横着长的，离地面约一米高，正好挡住了卡普的去路。

来到那棵树下时，卡普停了下来，它再一次用两只后脚压住了捕熊机的弹簧，用尽力气往外掰。于是，捕熊机张开了口，卡普这回能从捕熊机里把脚拔出来了。但是与此同时，它的一根脚趾也被割掉了，卡普就扔下了捕熊机和一根断趾，然后逃走了。

这事发生以后，又一次勾起了卡普对圈套的恐惧感。

从那以后，它对铁器和人类的气味就更加小心了。

6

卡普以前一直是个左撇子。可是现在，由于它的左前脚被捕熊机给套住过，所以，它再也不能用左前脚搬起石头，吃那下面的虫子啦。

左前脚的伤要想恢复好，得需要很长时间。那强力的捕熊机使卡普的脚伤得很严重。

在养伤期间，卡普对人类有了一个更加清醒的认识，那就是：闻到人的气味或者是听到人的脚步声，就要快速地逃走，越远越好。而且，如果人类距离自己很近，逃不掉了，那就要拼死作战。

可怕的灰熊的事被人们传开了，所以没过多久猎人们就再也不到麦迪慈河附近来了。他们都知道，那里是那只狂暴的灰熊的领地，还是不要靠近为好。

有一天，卡普往属于自己的领地走去。它好久都没有往这边来了，它看到了令它感到特别震惊的一幕：在它的领地范围内，有一个用木头造的洞穴。

于是卡普立刻跑过去看，是谁竟敢这么大胆，欺负到了它的头上！它在洞穴周围走了一圈，它一下子就闻到了那种令它特别生厌的气味——是人的气味，这是人类造的小屋。

突然，砰的一声枪响，卡普感到受过伤的那只左脚像是被什么东西刺中了一样疼起来。

卡普回过头一看，有一个男人正向小屋的方向跑去。

卡普立刻追逐起那个男人，因为卡普早已知道，人类离自己这么近时，与其逃跑，不如去和他们作战。

这座小屋是两个男人建造起来的。到了夜里，其中的一个人回到了小屋，于是，他看到了自己的同伴浑身是血地躺倒在床上，血迹一直延伸到了小屋的外面。

就在躺倒的同伴旁边，扔着一本质量很差的书，在那本书上，有几行看上去像是用颤抖的手写出来的文字："这是卡普干的。我在小河边发现了卡普，我让它受了伤。我想逃回小屋，却被这家伙追上了。啊！太痛苦啦……"

看来这个结果很公平。因为是这个男人先侵占了卡普的领地，他想夺走卡普的命。然而他却搭上了自己的性命。

但是另一个男人米拉却不这么想，他在心底里发誓："好啊！我一定要亲手干掉这个仇敌！"同伴被卡普弄死了，米拉不停地行走于森林和溪谷之间寻找着卡普。

有一天，"嘎啦嘎啦嘎啦……扑通！"一阵声响，一块很大的岩石从陡坡上滚落到了森林里，有两头鹿吓了一跳，从森林里逃了出来。米拉一开始想从滑坡上站起来，可是他立刻就弄明白了一件事，岩石是卡普想吃陡坡上岩石下面的虫子时，它扔下来的。

米拉立刻就着手观察风是从哪个方向吹过来的，风能影响卡普的嗅觉。他注视着卡普，卡普左脚上的伤大概还很疼吧，它不怎么使用那只脚，卡普看上去好像很不高兴，大声吼叫着寻找它可吃的食物。米拉平心静气地想："这次也不知道是我把它弄倒，还是它把我给弄趴下。"米拉当机立断，决定行动。

米拉吹了一声口哨。卡普一下子就停止了它所有的举动，耳朵竖了起来，头也抬了起来。米拉瞄准了它的脑袋，扣动了枪栓，但是与此同时卡普却动了一下头，子弹只使卡普受了一些擦伤。就是这么一点儿擦伤，也足够使卡普感到愤怒。由于发射子弹的地方还留有火药燃烧后的青烟，所以卡普立刻就知道了米拉的藏身之处。

卡普用它那没有受伤的三只脚奔跑着向米拉扑去。米拉扔下他的枪，飞速爬到了身边的一棵树上。他能爬的树在那附近只有这么一棵。卡普追到树下，但它却不能上树，于是它敲打着树干，牙齿和趾甲剥得树皮吧啦吧啦地响，但它也只能做到这些。后来，卡普在这棵树底下足足等了有四个小时，最后，它向茂密的灌木丛里走去。

卡普都已经走了一个小时，米拉还在树上待着，他等卡普走远才从树上跳下来，拾起自己的枪走了出去。

这时，卡普又偷偷地回来了，它隐身在近处茂密的灌木丛里。卡普等那个男人走了很长一段路了，才开始从后面追他，追上之后它立刻就把他干掉了，一下子就报了仇。

从那以后，两个男人建起的小屋，再也没有谁敢住进去了，后来，就变得破烂不堪倒塌了。

7

"咔哧、咔哧、咔哧……"从麦迪慈河附近传来了这种讨厌的声音，一直钻到卡普的耳朵里，这声音实在是让它听不下去了。一会儿，又听到了"咔咔哧、咚哧、吱啦啦……"的声音和人的说话声。

"呜——"卡普低低地吼了一声，悄悄地走过去想看个究竟。它原以为会看到人，可是到近前一看，却看到了没有下半截身体的很奇怪的动物。这种动物它至今还没有碰到过，所以它就又靠近了一些，站立起来去看。

其实这是两个男人，只不过他们是站在一个很大的坑里，坑把身体的下半截给遮挡住了。这时有铁的气味传了过来，卡普的眼里饱含着憎恶的目光，看上去很残暴、很吓人。

这两个男人实际上是到这里来淘沙的，却被卡普给发现了。

上了年纪的男人对另一个男人说：“不要害怕，你就这么待着，别动。”

“可是，这是一只多么吓人的大熊啊！”另一个男人战战兢兢地说。

眼瞅着卡普就要扑到这两个男人身上了，可是不知是怎么回事它却又忽然停了下来，其中的原因就连卡普自己也不太清楚。也许是对方一直站着不动，使它感觉这可能不是敌人吧。

卡普当然是听不懂这两个男人的对话的，但是它却感觉到他们同它以前碰到的那些人是不一样的。这里确实有人和铁的气味，但这一切却没像以前那样带给它身体某一部位剧烈的疼痛。

男人们一动不动，卡普发出了低低的吼声，又恢复了用四条腿行走的姿势，离开了这个地方。

这年年底，卡普碰到了一只黑熊，是以前欺负过它的黑熊。卡普曾有一次把这只黑熊给追到了树上。可是同那时相比，这只黑熊显得更瘦小了，而卡普现在好像都能一下子飞越古雷布尔河了。

黑熊连一丝同卡普作战的勇气都没有了。它嘴里一个劲儿地告饶，迅速地向树上攀去。卡普站立在树下，用尖锐的趾甲剥树皮。黑熊吓得在树上瑟瑟发抖。卡普最后迈着沉重的脚步离开了那里。

有一天，卡普漫无目的地向古雷布尔河走去。几个小时之后，它又到了古雷布尔河对面的帕伊尼河。这里有很多草莓和蚂蚁，它在很久以前吃过，它知道这儿是一个好地方。

这里不光有很多可口的食物，而且还没有讨厌的苍蝇和蚊子，也看不到猎人和淘沙的男人们，只有黑熊来这里横行霸道，但现在黑熊对卡普来说不算什么。它发现了几棵上面留有黑熊标记的树木，卡普把那些标记一个接一个地都给破坏了。碰到一些干枯的小树，它就一下子把它们折断。若是有一些折不断的树，它就在比对方的标记高出很多的地方刻上自己的标记。

卡普从帕伊尼河向远处群山连绵的地方走去，它途经的地方就都成了隶属于它的领地。

在帕伊尼河附近，卡普发现岩石下面积存着很多树上的果实，这些都是松鼠们积攒的。帕伊尼河附近长期以来都是黑熊的领地，黑熊能上树，所以松鼠们就不再在树洞里隐藏食物了，而是把这些食物都隐藏到了岩石下面。

松鼠们拼命积攒起来的果实被卡普发现后，它们开始惊慌失措起来。卡普只要一看到果实旁边的松鼠们，就会立刻把它们给弄死，然后连同果实一起吃进肚里。

如果卡普的妈妈活着的话，那它一定会教给卡普这样一件事：随着季节的变换应到不同的地方去寻找食物。但是，卡普一直是独立成长起来的，所以，它得需要很长时间才能摸索出其中的规律。

总之，早春的时候，去有牛和麋鹿的地方，就会碰到被

冻死的牛或麋鹿躺倒在地上，它就能吃上几顿这种美餐；在初夏，生长着山百合和野芜菁的温暖的山冈上，就是觅食的好地方；夏末，河岸的灌木丛里的草莓就成熟了；到了秋天，松林里还能找到很多吃食。

这样一来，卡普的领地在逐年地扩大。它从自己的地盘上把黑熊都赶了出去，并且弄死了那只很久以前欺负过它的黑熊。

有一次，一个对这里的情况了解甚少的猎人来到了这里，他是来寻找可以作为牧场的土地的。但是卡普立刻就袭击了他，它把马追得四处逃窜，还把他的帐篷弄得支离破碎的。

无论走到哪里，卡普都要在土地上留下自己的标记，如同立着这样一块告示牌："来到这块土地的其他动物，都赶快给我滚出去！"

8

一般来说，力气大的动物大多数都是缺少智慧的。所以，同它们发生冲突时只要稍微动一下脑筋，就能轻而易举地把它们干掉。

但是，卡普从小就学会了怎样逃离圈套，也掌握了关于人类和铁的气味，而且这些事情它全都印在了脑海里。就因为这样，它才不会被人类抓住。卡普从年幼时起就接连不断地遭遇不幸，可是它却从这敌数众多的自然界中熬过来了。那些经历对它来说就成了一笔宝贵的财富。

卡普总是单独生活，从一座山走到另一座山，从一条谷走向另一条谷。它把一块大岩石当小石子一样地扔出去，又把粗树桩当火柴棒一样地扔到一边，来回地寻找着它的食物。

无论是山上的还是平原上的动物，只要一看到卡普的身影，就都飞速地逃跑。被卡普弄死的黑熊都有好几只了，那也是由于它们在老早以前就对卡普存有不良居心的缘故。

山猫一看到卡普，就飞快地逃到树上。但它们爬上的树若是一棵枯树的话，卡普立刻就会把那棵树折断，山猫和枯树都会被摔得粉碎。

就连大麋鹿和美洲狮这类动物，只要卡普一走近它们，它们也会立刻放下手头的猎物，向远处逃去。卡普到草原散步时，一些野马也会吓得像飞起来的鸟一样，使劲地弹跳着逃生。

牧场上的公牛里面有一些狂妄的家伙，但它们若是被卡普给撞上了，只一瞬间卡普就会把它们的头给敲碎。这样卡普就报了以前被公牛欺负的仇。

卡普长时间得不到母爱，又和兄弟们过早地分别了，且没有妻子，所以它体会不到一只普通灰熊的快乐。但它有着一身惊人的力气，是其他灰熊的两倍。

就这样，卡普既没有朋友也没有妻子，它寻求不到心灵上的抚慰，每天都是在忧郁中度过的，同时它的性情也极其暴躁。现在，没有什么东西是能使它感到害怕的了，但它总是希望能同谁干上一架。

在每一天的生活里，卡普好像什么乐趣都没有。其实有一件能使它感到高兴的事，那就是把自己过剩的精力对着什么东西爆发出来。

卡普在弄死公牛时、把树给弄倒时，或者是它用力猛击岩石使其咔咔地碎裂开来时，都会感到很快乐。这些事情看上去很残忍，但对卡普来说，却是再高兴不过的事。

自打出生以来，卡普学会了辨别很多种气味。气味对它来说，简直就是一种不出声的语言，它们都在招呼着卡普："喂，我在这里，我是这样一种东西啊！"

卡普当然也依赖自己的眼睛和耳朵，可是它的鼻子若是没告诉它这没什么危险的话，它是不会相信眼睛和耳朵的。

气味当中也分浓的味道和淡的味道，用声音来打比方，就像把它们分成大声音和小声音一样。例如，杜松子的果实、野蔷薇的果实，还有草莓的果实就是在用一种淡淡的、温柔的小声音这样召唤卡普："喂，我们在这里呀！是草莓，我是草莓。"

远处，繁密的森林则用它那洪钟一样的声音，像吼叫一样地说开了："喂！是这里！是菠萝的果实啊！"

也有随着季节而变化的声音。例如，到了五月份，在山百合完全绽放的地方，众多的百合花一致用美丽的歌声唱起来："这里是百合花田，这里是百合花田。"

当进入百合花田时，它又听到了其他的声音："喂！是这里呀！是大百合根，圆鼓鼓地熟透了。"

到了秋天，蘑菇的声音又响起来："我们胖了，是身体健康的好吃的蘑菇啊！"这是无毒蘑菇的声音。

而有毒的蘑菇则用更响的声音喊了起来："我们可有毒呀！不要碰我们。如果吃了我们，那你就一定会得病的。"

在大自然里，同卡普毫无关系的气味有很多。另一方面，闻起来会令它感到讨厌的气味也不少。像人类和铁的气味那样，它们既让卡普感到生气，又让卡普觉得有些害怕。

吹西风的时候，卡普一站到帕伊尼河边，就总能闻到一种很特别的气味，这是它以前从未闻到过的。这神秘的气味既没引起它特别的注意，也没令它产生要毁掉的心情。当这种气味飘过来时，卡普只微微地抽动了一下鼻子，嗅了嗅风的味道，但是它却没想去确定一下这到底是什么东西发出来的，所以，它就没顺着气味追寻过去。

9

卡普的青年时代就要过去了。它曾受了几次伤的脚总能感到有些疼痛，尤其是度过了一个寒冷的夜晚或者是连续的潮湿天气以后，它的后脚就会很疼，也不能像平时那样行走自如了。

有一天，卡普拖着自己疼痛的后脚往前走时，通过帕伊尼河的西风又送来了那种神秘的气味。

卡普并不知道那是什么东西发出来的，可是那种气味就像是在招呼卡普："到我这里来吧！"而且它的鼻子也在劝它："去看看吧！"

以前它闻到那种气味没什么感觉，可是现在却觉得那种气味里充满了诱惑。这其中是什么原因卡普并不明白，可是既然被某些东西所引诱，应该是因为身体需要那些东西吧。例如食物的气味，在你肚子很饱的时候它就是令你厌腻的；而在你很饿的时候，它则是一种很好闻的香味，牵动你的心。

　　卡普闻着顺风而来的特殊的气味，被那种气味所吸引，向着气味走去。过了一会儿，那种气味就变强烈了，地面出现了白沙，流着脏水，从一个小池子里冒出了雾一样的东西。

　　卡普一走近那个小池子，就把它的一只前脚伸进水里试了一下，它觉得水很温暖，而且心情感到格外舒畅，于是它马上就把两只脚都放进了池子里，慢慢走了进去，里面的热水也跟着一点一点地溢了出来。过了一会儿，卡普就把自己整个身体都浸泡到了温暖的脏水里。

　　卡普进入的是含有硫黄的温泉，硫黄对它疼痛的身体是有好处的。这一带有很多温泉，可是在卡普的领地范围内，却只有一个温泉。

　　卡普在那个温泉里泡了一个多小时，并且开始出汗了，它觉得已经可以了，就从温泉里面走了出来。出来后，卡普感觉浑身舒服极了，身体都好像变轻了似的，脚伤也痊愈了。卡普摇动了一下身体，抖落了身上的水珠，登上了附近一块向阳的岩石，它在那块岩石上把自己的身体舒展开来，想把自己湿漉漉的身体弄干，但在此之前它还要做一件很重要的事。它站立在近旁的一棵树的旁边，在那棵树上刻下了这样一个清晰的记号："这是我的洗澡塘，禁止进入——卡普。"

　　那以后，卡普经常到那个温泉里去浸泡全身。去过几次之后，它就这样琢磨开了：身体的什么地方很疼时，到那水里浸泡一下就会好的。

于是，它的身体一开始疼时，它就到那里去，走进温泉里，它身体的痛楚就消失了。

卡普的身体已经不再长大了，另一方面，卡普体毛的颜色也逐年地开始变白了。它已经上了年纪，力气和精力都很饱满、体重和体格都不断增长的年轻时代已经过去了。现在，卡普已经进入了老年期走下坡路的阶段。而且，卡普与以前相比更爱生气了，它变成了一只很危险的熊。

帕伊尼河畔有很长时间人类都不能进入。但是终于有一天，那里出现了帕雷图牧场的牧人们的身影。

牧人们发现了那块土地上的"脏了吧唧的老灰熊"，可他们却说："我们动作轻点儿，让它随便干什么吧！"他们没有对卡普进行干涉。

牧人们看到了卡普在那块土地上四处留下的脚印，也发现了卡普蹭身体时留下印记的树木，但他们却不常亲眼看到卡普。这是由于卡普占据着辽阔的领地，它经常在它的势力范围内到处漫步。

春天这个季节对卡普来说，是最忙的时候。卡普留下的记号经过冬天的暴风雪一吹，已经全部消失了，所以春天一到，它必须巡行于自己那辽阔的疆土上，重新留下自己的记号。

在帕雷图牧场的牧人们当中，有一个对卡普特别感兴趣的男人。这个男人是牧人们的头目，他曾从帕雷图上校那里听说过卡普的故事，知道卡普是一只极不好惹的熊，他想试着更进一步调查一下卡普。

调查后他就更加确信了一件事：卡普实在是一只不同寻常的熊。尤其是它被圈套给捉住后成功脱逃，更能说明卡普的知识是很广博的，它对圈套的了解甚至比一个踏上圈套的普通的男人还要多。

但是，这个牧人们的头目却对一件事感到很奇怪。那就是每年的七月份到八月份，卡普去了哪儿？在冬天，卡普是冬眠的，但是到了夏天，卡普上什么地方去了呢？它去的那个地方没有一个人知道。

10

美国政府在很多年以前就把耶路斯顿河的上游地区作为野生动物的保护基地，从而成立了耶路斯顿国立公园。这个国立公园简直就是童话王国，因为这里规定任何人都不得伤害动物们，也不许吓唬它们，所以那些动物根本就不害怕人类，它们会径直走到人的身边。

另外，公园里还规定不许带斧头入内砍伐树木，也禁止去里面淘沙，所以，这里仍保留着白人到来之前的很茂密的森林和美丽的河流，动物们悠闲自在地在这里生活。

野生动物们知道这里是安全地带，它们碰到了人类不会偷偷地逃掉，也不袭击人。

在这个国立公园里，建有一家旅馆。距旅馆稍远的地方有一个垃圾堆，从旅馆里运出的人们吃剩下的垃圾每天都被扔到垃圾堆里。不知从什么时候起，垃圾堆招来了很多熊。这些熊在这里从不打架，十多只熊都能和睦相处，一起寻找它们所需要的食物。熊里面既有大熊也有小熊，它们好像都知道，这里是一个和平的世界，所以它们都尽可能友好地在这里找东西吃。

聚集到这里的熊有很多种，既有黑熊和灰熊，又有体色是银色和肉桂色相间的熊，还有后背像长有肉瘤一样鼓起来的驼背的熊，另外还有携家带口过来的熊等。无论是哪种熊，在这里都能友好地相处下去，安安稳稳地吃着自己找到的食物。

来旅馆投宿的人们从来不吓唬它们，也不用枪打它们。人们眺望着这美丽的自然景色，看着这些友好进食的熊归去。

聚集到旅馆来的熊都来自不同的地方，这就如同一到了夏天人们就会从各个不同的地方汇集到这里来一样。因为旅馆只有在夏天的时候才开放，所以一到了夏天，先是旅馆里的工作人员来到这里，接着熊也来了，后期来的则是旅行的人们。

不久，短短的夏季就结束了，离开这里的先是旅行的人们，然后是旅馆的工作人员，最后是熊。但是却没有一个人知道这些熊都去了什么地方。

有一年，在这个像童话王国一样的耶路斯顿国立公园里，来了一只个头特别大的老灰熊。

这只老灰熊信步走近了旅馆，从旅馆的前门走进了大厅。它在那里突然就直挺挺地站了起来。

正在大厅里的客人们都惊慌地逃进了房间。灰熊一看到人们都没影了就走进了旅馆的办公室。

工作人员吓了一跳，他这样说道："哇呀！您喜欢在这里工作吗？如果您比我更热衷于这个工作的话，那么我马上拱手相让。"

然后这个工作人员越过收银台逃了出去，连滚带爬地跑进了电话室，锁上门后，他立刻给公园的主管打了电话："现在，旅馆的办公室里走进来一只老灰熊，它多半是想占领这个旅馆哪！用枪把它打死怎么样？"可他从主管那里听到了这样的回话："在公园里绝对不允许开枪，用自来水管向它泼水。"

这个工作人员遵照主管的吩咐，把水向老灰熊身上泼去。老灰熊吃了一惊，它模仿工作人员的样子，也越过了收银台向外逃去。老灰熊跑进了厨房，顺便带走了一块牛腱子肉，从后门飞奔到了外面。

这样一来，这个公园就严格地遵守了对野生动物不使用枪炮的规定。另外还有一件事，仍与这只老灰熊有关——它曾同一只黑熊打过一架。那只黑熊带来了一只任性的小熊，因为小熊总是胡作非为，所以来到这里的熊都很生气，再加上黑熊又很袒护小熊，总因小熊同其他的熊打架，因而黑熊遭到了众熊的反感。

黑熊有一次还因小熊的事，向老灰熊主动发起了进攻。老灰熊生气了，它把黑熊痛打了一顿，黑熊像球一样咕噜咕噜地滚跑了。老灰熊向逃跑的黑熊追去，后来黑熊爬到了树上，才算得以脱身。老灰熊真正生气只有那一次，此后它都是很温顺的。

所以人们谈起它来时都说："这只老灰熊一定是从一个很远很远的、没有人使用圈套和枪的土地上来到这里的。"

11

夏日的一天，从帕雷图牧场来的牧人头目寻到了耶路斯顿国立公园。那个头目就像我以前写的那样，是一个对卡普抱有浓厚兴趣的男人，他在旅馆里住了下来。

头目打听到旅馆附近的垃圾堆那儿聚集着很多熊，他就找来做导游的一个男人同他一起出去观看。

他们一来到垃圾堆，就看到很多熊都在那儿捡东西吃。

不久，到了日暮时分，森林里走出来一只大灰熊，往垃圾堆的方向去。这只熊身上的毛的尾端都变成了白色，所以看上去它浑身都是白色的。

这只看上去又大又显眼的熊让人感到它已经有一大把年纪了。它一出现，之前还在垃圾堆里吃东西的熊就都躲到了一边儿，把地方让给了它。

于是，领着头目到那里去的男人说："现在来的这只熊是这个公园里最大的灰熊，但是它很温顺。我们都不知道以它那种体格能举起多重的东西。"

灰熊踱着沉重的脚步，它那硕大的身体晃动起来，一步一步地向垃圾堆走去。那样子看上去简直就像是一座又白又大的干草山在摇摇晃晃地往这边走。

　　头目看到走过来的灰熊，吃惊地说："哎呀！这家伙！没错，一定是那只麦迪慈河边的灰熊，是卡普啊！"

　　"你知道它？"做导游的男人打听。

　　"它可是毕古胡盆地有名的熊啊！是一个不可救药的大坏蛋，它曾弄死了好几条人命，而且被它干掉的牛和黑熊不计其数。"

　　听到这里，那个导游说："不至于吧！您所说的毕古胡盆地距离这里可是相当远的哪！这只熊在每年的七月和八月都一直生活在这里。真想不到它竟来自那么遥远的地方。"

　　听导游这么说，头目又说开来："是吗？那么我明白了。七月和八月正是卡普从我们牧场消失的时期。喏！你看，这只熊拖着一只脚走路，而且，它的左前脚有一根脚趾没有了！这家伙一定是那只叫卡普的熊。"

　　"是吗？"

　　"它可是一只不同寻常的熊啊！它不用靠近围好了的圈套的入口，就能夺走另一侧的诱饵，还能利用围着的木桩把铁圈套弹开。它可是一只头脑极聪明的熊啊！"

　　"嘿！这话听起来简直就让人不能相信。"人们都盛传毕塔鹿特山上的灰熊脾气不好。住在这个山上的灰熊不但头脑极其灵活，而且一到关键时刻它们就大发脾气大打出手。因为这个缘故，其他山上的灰熊都被杀绝了，唯独毕塔鹿特山上的灰熊剩下来很多，而且还有不断增加的趋势。

山的大小是固定不变的，而熊活动的范围又是界定了的，所以后来出生的熊就必须得往别的土地迁移。

毕塔鹿特山的灰熊被叫作驼背熊。那里有一只脸上长有白色斑点的年轻的熊，这只熊很瘦，力气也很弱，在毕塔鹿特山上，它还没有争取到属于自己的地盘，所以，白脸熊没办法，它决定离开故土，到别的土地上去。

白脸熊走了很多地方后，来到了古雷布尔河附近。这里有很多食物，它感到这里是一个容易生活下去的地方。

但是过了不久，白脸熊就碰到了卡普留下的记号，那记号的意思是："来到这块土地的其他动物，都赶快给我滚出去！"

白脸熊走到留下记号的那棵树底下，它试着往旁边一站，看到那记号的位置在离自己很远的高处。

白脸熊吃了一惊，它想："天哪！这么大个的家伙啊！"

如果是一只普通的熊这么害怕的话，它就会逃往其他的地方了，但是白脸熊却认为只要不同卡普撞到一起，它就能在这块土地上生存下去，因为它还没在其他地方发现这么理想的土地呢。

印有卡普记号的树旁边有一个松树墩。白脸熊想或许那个树墩下面会有虫子或老鼠吧，于是它就把树墩翻了过来。但是，它在树墩底下什么都没找到。

而且，树墩被白脸熊掀开以后竟咕噜咕噜地滚了起来，直到撞上了印有卡普记号的那棵树它才停下来。

开始的时候，白脸熊看到滚动的树墩也没想太多。可是过了一会儿，它的小脑袋忽然灵机一动，然后它就登上树墩，站了起来，把后背贴在了印有卡普记号的树上，并在那棵树上印上了自己的记号。这样一来，自己的记号就印在了比卡普的记号还要高的地方。

12

白脸熊长期以来都是往卡普的树上蹭自己的后背，它把自己的记号印了好几次。

最后，白脸熊从树墩上跳了下来，树墩就滚到了旁边。这样看起来就像是白脸熊站在地面上往树上刻下了自己的记号一样。

不久，卡普就发现了白脸熊的脚印，它生气地追踪起了那些脚印，但却一次都没追上。白脸熊不光脑筋转得快，它奔跑的速度也很快。

白脸熊逐一地寻找卡普留下的记号。它巧妙地在那些地方也都留下了自己的记号，而且它把记号全都印在了比卡普留下的记号还要高的地方。它在留下自己的记号前，都先寻找一下附近哪里有木桩或者岩石，然后它才登上那些木桩或者岩石，在更高处留下自己的记号。

因此，卡普无论走到哪里，都会看到一只比自己还要高大的熊留下的记号，那些记号的意思是："这块土地是属于我的。如果有哪个家伙不满，可以随时来找我挑战，尤其是这块土地以前的主人，我真想和它干上一架。"

卡普认为能在那么高的地方留下记号的熊一定得是妖怪一样的大熊。但是卡普可不是一只懦弱的熊，所以无论有怎样的敌手，卡普都决定和它对抗到底。

卡普每天都出去寻找那只大熊，随时准备同它干架。

大熊的记号到处都有，也能闻到它的气味，可不知是怎么回事，卡普却一次也没看到它的身影。这也许是由于卡普上了年纪，眼睛不太好使了，它现在就连看眼前的东西也都是极模糊的。

而且，卡普感到自己的体力在严重衰弱下去，它的牙齿和爪子也都磨损了。

如果看到了敌人的身影，那么卡普是肯定不会逃跑的。但就是由于它没看到敌人，所以卡普每天都是在不安中度过的，它的心情总是处于紧张状态。

卡普一直被这种不安的情绪左右，身体也变得不太对头了。

即使没有那只大熊，卡普的身体也大不如以前，旧伤常常疼痛难忍，这都是因为卡普越来越老了。

再说白脸熊，它也是每天都在提心吊胆地过日子，它清楚地知道，一旦被卡普发现了，它就一定会被弄死的。

白脸熊总是处于被追逐的状态，它不停地转移地点，不断地隐藏自己的脚印，为了不同卡普打上照面可以说是用尽了心思。

尽管如此，白脸熊也有好几次差点儿就被卡普发现了。如果风向转变的话，那么卡普立刻就会知道它的藏身之处。每每这种时候，白脸熊都是一边偷偷地观察卡普的举动，一边不由自主地瑟瑟发抖。

还有一次，在山谷的尽头它被卡普给追上了，当时，白脸熊钻进了一条通往悬崖的狭窄的缝隙里，攀上山逃掉了，但卡普却没有追上来，因为悬崖的缝隙太窄了，卡普进不去。

有一天，白脸熊走到了卡普使用过的温泉那儿，其实它对温泉不感兴趣，但它却看到了卡普在温泉四周留下的脚印，它就想："好啊！我给它瞎弄一番。"

　　然后，它就把周围的垃圾全填进了那个冒着热气的温泉里，干完后白脸熊又来到了卡普留下的记号那儿，它登上旁边的一块岩石，站直身体，印上了自己的记号，这个记号印在了比卡普的记号高出一米半的地方。然后，白脸熊一边注意着周围，一边在温泉的四周来回地踱着步，把有水的地方都弄脏了。

　　不久，远处的森林里响起了一种声音，一听就知道有一只很大的动物向这边走过来了，那是卡普。在白脸熊逃走之后，卡普才来到这里，它发现了地上的脚印。

　　那些脚印其实是一只小动物踩出来的，但卡普的眼睛一片模糊，所以没能看清楚，但是它的鼻子却告诉卡普："那些脚印是那只大熊踩出来的。"

　　卡普现在的身体状况极其糟糕，脚和身体都非常疼，所以它是走过来泡温泉的。但是在这里，它却发现了敌人的脚印，而且，它又看到了蹭树的痕迹，那个像怪物一样的敌人的记号清晰地印在了树上。

　　卡普不再泡温泉了，它转身离开了。

　　卡普已经告别了每天都被敌人追逐的孩童时代，在长大后，它从未被敌人追得逃跑过，但是现在，卡普自长大以后还是第一次，被敌人给驱逐了出来。

13

卡普从温泉那儿逃出来时，白脸熊就躲在附近一块没有退路的空地上的木桩后面瑟瑟发抖呢。如果卡普鼓起作战的勇气，大概只需一个回合就能把卑鄙的白脸熊干掉。

但是卡普却逃了出去，而且，对卡普来说，这也是它一生命运的转折点。不过，当时的卡普当然不会明白个中原委。

卡普拖着自己疼痛的伤脚，向肖恩山地的低处走去。

不久，从卡普去往的方向飘过来一种可怕的味道，那种味道在很多年以前它就很熟悉，但是它却不知道那究竟是什么。

卡普顺着那种味道走了过去，它来到了一个荒凉的溪谷。在溪谷里它看到有很多黑色的东西和七零八散的骨头架子。

它闻到了各种动物的气味，但都是动物的尸体发出的味道。那些动物都倒毙在连一根草木都不长的溪谷里。

其实，溪谷的上面有一块裂了缝的岩石，从那里冒出一种可怕的毒气，这种毒气肉眼看不到，而且还比空气重，所以它沉到了谷底，从而杀死了所有进入溪谷的动物。

卡普穿过谷底时，头变得昏昏的，特别困，心情还特别烦闷。所以，卡普快速地走了过去。

走过了溪谷，再一次呼吸到新鲜空气时，卡普竟有一种重获新生的感觉。

卡普在温泉那儿被看不见的敌人赶了出来，不过那以后，它偶尔能恢复一下以前的勇气，并且它一发现了敌人的脚印，就用大得吓人的声音吼叫起来，然后便顺着脚印追去。即使是拖着伤脚，它也要同敌人决一死战。

可是，卡普却一次也没追上过那只像谜一样的怪物熊，并且，由于它乱跑乱撞，自己的脚和身体反而疼了起来。

此外，它有时也能感觉到敌人向自己走过来。那种时候，卡普就找一个方便作战的地方等候着敌人。但却不知为什么，敌人没有一次走近它。卡普变得焦躁不安，不能回到温泉里浸泡，它脚上的旧伤更疼了。

卡普的心情也随着它身体状况的好坏而变化。身体状况好的时候，它就能恢复昔日的勇气，无论是多么强大的敌人它都有心同它较量一番；但身体状况变得不好时，它就没有了这种劲头，只想尽量避免战斗。

那时，卡普不断地摇摆在这两种心情之间，但是渐渐地，那种退让的心情逐渐强烈起来，这都是由于身体状况不好的时候居多而造成的。偶尔身体状况好的时候，它就恢复了同敌人作战的勇气，但那只怪熊的身影它却始终没看到。

在卡普的领地里，可吃的食物最多的地方要属帕伊尼河和渥哈乌斯河的河畔，但那一带却留下了很多怪熊的脚印，于是，卡普在身体不好的时候，就尽量不去那一带。这也可以说，卡普就相当于把自己最好的领地让给了那个敌人。

有几次，卡普也想过要去温泉里浸泡身体，但它却没到那里去。这也可以说，卡普连最看重的温泉都被敌人给夺走了。

这样一来，卡普同敌人一次交锋也没有，它不断地逃开，到最后它竟逃出了渥哈乌斯河和帕伊尼河。有了第一次的逃跑经历紧接着就有了第二次和第三次，到最后，连续不断的逃亡成了它生活中不用思考的事情。

卡普拖着疼痛的伤脚沿着帕伊尼河走着，在帕伊尼河的河畔，它每天都是在躲藏中度过的。这里是很久以前卡普同母亲和兄弟们在一起生活过的地方，后来剩下了卡普一个，它受了伤，每天被敌人追赶着生活。如今，在这同一个地方，又老又浑身是伤的卡普又过起了每天都要担惊受怕的生活。

卡普现在落魄到了连松鼠和松鸡都不能抓来吃的地步了，它只能寻找一些植物来充饥。

有一天，卡普拖着疼痛的伤脚去寻找可口的食物，这时从陡坡那儿滚落下来一块石头，那个可怕的敌人的气味向这边逼近。

卡普立刻就走进了像冰一样刺骨的帕伊尼河里，嘴里呼呼地直喘气。冰冷的河水冻得卡普那只受过伤的脚生疼，它感到像被钢针刺一样，那种疼痛简直要了它的命，卡普真是难以忍受。

这样一来，卡普又逃走了。但是，它究竟要像这样逃到哪里为止呢？

14

卡普眼下只有一条出路了，那就是新建的牧场小屋的那个方向，卡普为了逃脱那只怪物熊的追赶，只好向那个方向走去。但是，卡普刚走近那座小屋，就听见小屋那边传过来一阵喧闹声。

卡普最信赖的朋友只有自己的鼻子。现在它的鼻子这样告诉它："回去！回去！去山里！"

如果重新返回山上的话，或许会碰到那只可怕的怪物熊。但是卡普却宁愿听从自己的鼻子，它决定重新返回山上。

卡普拖着沉重的脚，专拣洼地和森林地带走，为了使自己不被敌人发现，它又回到了山上。卡普开始攀登悬崖了，那座悬崖在很久以前它一口气登上去过，但是现在它的动作变得特别迟缓了，好不容易才有了向上攀登的勇气，可攀登到中途脚底下一滑，滚落到了悬崖下面。

卡普没有了再登一次的心劲儿，它开始绕道而行了。卡普是想上什么地方去呢？去哪里都可以，只要没有那可怕的敌人就行，它必须得走出自己以前的势力范围。

卡普来到了一个岔路口，然后，它就选择了向西走，那是离开自己的领土向肖恩山脉方向行进的道路，卡普踏上了那条道路。

以前很强健的卡普，如今脚上的力气已经完全消失了。旧伤的疼痛也更甚了，它费劲地拖着沉重的脚。现在，衰老的卡普被敌人从自己的地盘上驱逐出来了。

在翻过群山之后，前面就是耶路斯顿国立公园了，卡普现在行进的道路是它以往每到夏天总要通过的地方。但是，以前能轻松翻越的山对现在的卡普来说却不那么容易翻越了，现在它翻越一座山得需要以前三倍的时间，而且它一边走还得一边不住地回头看，它担心有敌人从后面追上来。

卡普踩着颤抖的脚步往前走，西风载过来死亡之谷的气味。这个死亡之谷是卡普曾路过的地方，很多动物都死在这里，在这个溪谷里，有一种很可怕的毒气。

如果不通过这个溪谷，就没有往前行进的道路了。

不一会儿，卡普就到了死亡之谷的入口处。谷底有一只秃鹰飘摇而下，看样子它是想去啄食那些死去的动物。但这只秃鹰只是停在了它的猎物上面，却没有对它的猎物张开口，就那样慢慢地熟睡过去了。

卡普长长的白胡须随风飘动，它那硕大的灰鼻子翕动着。卡普想起了以前它通过这里时闻到的那种讨厌的气味，可现在不知为什么，它却被那种气味引诱了。

夹杂着那种气味的空气里面，有一种令人觉得奇怪的热辣辣的感觉，并且这种感觉使卡普身体疼痛的地方都麻木了。此外那种气味使卡普感到头脑发昏，卡普特别想安静地睡上一觉。

卡普现在从站着的地方向后望过去，那里有一片辽阔的土地绵延到很远，既有森林又有河流，那里长期以来都是属于它的。卡普现在抛弃了自己的王国，站在了进入其他王国的入口处。

卡普回过头去眺望那片曾经属于自己的土地，然后又转过头来看眼前令人生惧的溪谷。它已经没有了重返昔日王国的勇气，现在它只想到哪儿去静静地休息一下，并且这种心情越来越强烈。

走过溪谷以后，翻过肖恩山脉，对面有个静静的公园，但是那还得一直向前走，必须经过一段漫长的旅行。真不知道卡普那病弱的身体能否到达那个公园。

"可是，为什么一定要到那么远的地方去呢？"卡普的心里响起了这样的一个声音。

"就在这个溪谷里静静地睡上一觉吧！"这个声音又响起来。

卡普在溪谷的入口处站立的时候，毒气已经开始一点点地侵袭了它的身体，野生动物的守护神从溪谷那儿向卡普招手了。

这时，昔日的勇气就像很大的波浪一样又回到了卡普的身体里，然后，它跃起身子，一口气就跑进了溪谷。

那可怕的气体钻进了卡普的身体，先是充满了胸部，然后又渗透到了身体的各个部位。

卡普感到体内的力气都被抽走了，而且，它还感到头脑发昏，寸草不生、仅有岩石的谷底像是要倒塌了一样。

卡普把那坚硬的岩石当成了被窝，就像很久以前它被慈祥的妈妈拥抱在怀里睡觉时一样，现在，它躺在大自然的怀抱里，静静地、永远地睡着了。

孙淇　王选　译

好狗莱依

［苏联］维·比安基

我第一次看见莱依的时候，以为它是狼。它和狼一样高，两只耳朵像狼耳朵似的竖着，毛也是灰色的，跟狼毛差不多。粗粗的尾巴伸到背上，卷成一个圈儿。那时我很小，还不知道只有西伯利亚莱卡种狗才有这种尾巴，狼尾巴是沉甸甸地拖在下面的。祖母告诉我，莱依是一只有狼血统的狗——它父母都是西伯利亚莱卡种狗，它祖父是一只真正的狼。后来，祖母开始讲给我听，莱依有多么聪明，它是个多么忠实和善良的朋友。打猎的时候，莱依是无价之宝，在家里也一样。祖母把它一生的事情都讲给我听了。

我父亲是怎样选中了莱依

　　我父亲是西伯利亚人，他是个猎人。

　　冬季的一天，他正在西伯利亚原始森林里走着，忽然听见人的呻吟声。呻吟声是从灌木丛里发出来的，父亲走到那里去看时，只见雪地上躺着一匹驼鹿，已经死了。灌木丛后面，有一个人在挣扎，那人想起来，却起不来，不住地呻吟着。父亲将那人扶起来，背进自己的帐篷里去，收留了那人。父亲和祖母照顾那个受伤的人，直到他恢复健康。

那人是个曼西族①的猎人。曼西族人住在西伯利亚乌拉尔那边。曼西族人长得又高又大，体态匀称，都是弓鼻子，都是出色的猎人，熟悉飞禽走兽的生活习惯。

不过，那个曼西族人因为一时沉不住气，差一点丧失性命。他打伤了一匹驼鹿。驼鹿摔倒在地上，一阵痉挛，然后一动也不动了。那个曼西族人没留意到驼鹿的耳朵紧贴在脑后，竟朝它走了过去。

突然间，驼鹿蹿起来，用前脚拼命踢了他一下，踢得他从灌木丛上面飞过去，像个木头桩子似的掉在雪地上。驼鹿那厉害得要命的蹄子踢断了他两根肋骨。

当西多尔卡（这是那个曼西族人的名字）与父亲分手的时候，他对父亲说："你救了我的命，我要报答你。一个月以后，请你去找我。我有一只有狼血统的西伯利亚莱卡种母狗，不久它就要下小狗了。你乐意要哪一只，我就送给你哪一只。那只狗会成为你忠实的朋友的，你也将成为它的朋友。你们俩在一起，谁也打不过你们。"

①西伯利亚的少数民族。

过了一个月，父亲去找他。他的西伯利亚莱卡种母狗下了六只小狗，眼睛还没有睁开，它们在帐篷角落里乱爬着，有几只是黑的，有几只是花的，有一只是灰色的。

"现在你瞧着。"西多尔卡说。他用外套的下摆兜起所有的小狗，送到门外去，放在雪地上，把帐篷的门敞开。狗妈妈召唤着它的孩子们。过了一会儿，一只小狗（就是灰色的那只）爬到帐篷的门槛前，翻过门槛。虽然它眼睛是闭着的，却很有把握地一瘸一拐向狗妈妈走去。

几分钟后，第二只小狗才爬到了门口，第三只、第四只跟在后面……六只小狗全找到了自己的母亲。狗妈妈舔掉每一只小狗身上的雪，把它们藏在自己暖烘烘、毛茸茸的肚皮底下。

西多尔卡关上了帐篷的门。

"我明白了，"父亲说，"我要那只头一个回来的。"

西多尔卡把灰色的小狗从狗妈妈那儿拿过来，递给我父亲。

教　育

我的父亲和祖母用一个装上了奶头的瓶子把小狗喂大了。这只小狗少见地活泼。它长出牙齿后，开始啃一切它所看到的东西。我父亲对它非常有耐性，他不仅没有打过它，甚至连一句不好听的话都没有对它说过。

莱依长大一些后，开始在村庄里追逐鸡和猫，父亲顶多有时候向它吆喝一声："莱依，回来！回来！"

等莱依回来了，父亲就温和地对它说："哎呀呀，小莱依，你犯错误了！这样可不行。你懂吗？——不行！"

聪明的小狗听懂了。它不知不觉把尾巴一夹，两只眼睛惭愧地瞅着旁边。

父亲向祖母说："可不能对西伯利亚莱卡种狗抬手，做出要打它的样子。主人是它最好的朋友。你只要打它一次，那就完了，它要恨你的。你只能用语言来管教它。"

只有一件事，无论他怎样管教莱依，不许它干，它都改不了——追逐大雷鸟和松鼠。等莱依长大了，跟着我父亲去打猎的时候，它总那样做。

这只西伯利亚莱卡种狗怎样做呢？它在地上闻出大雷鸟的气味时，就把大雷鸟撵得飞起来。大雷鸟逃到树枝上去，在树枝上走来走去，按照自己的方式嘲笑和痛骂这只西伯利亚莱卡种狗。它知道狗不会上树。

一只好的西伯利亚莱卡种狗遇到这种情况时会坐下来，目不转睛地盯着大雷鸟，汪汪地叫。为的是让主人知道，它找到了一只大雷鸟，使大雷鸟落在那里了。大雷鸟这时把注意力全集中在狗身上，猎人很容易偷偷地走到射程内来开枪。

这种追野禽的西伯利亚莱卡种狗叫作"办小事的狗"。它们见了松鼠也叫。

我父亲想把莱依训练成"猎兽的狗"，教它专追个儿大的野兽。猎兽的狗不应该净注意一些鸡毛蒜皮的小事儿，不然就猎不到大野兽了。

原始森林里到处都是大雷鸟和松鼠，当猎人去打大野兽的时候，狗朝大雷鸟和松鼠汪汪一叫，大野兽就会跑掉。

我祖母详详细细地给我讲了这些事情。这些事情，我全应该知道，因为我将来也要成为一个猎人的。祖母还答应给我买支猎枪——等她攒够了钱就买。

父亲希望莱依成为一只猎大兽的狗。可是，莱依只要一闻出松鼠或大雷鸟的气味，就拖都拖不走了。

父亲只好这样做：他打死一只大雷鸟，再打死一只松鼠，全绑在莱依的背上。不管莱依跑到哪儿，它都能闻到大雷鸟和松鼠的气味，可是又无法把它们从背上弄下来。

过了不久，莱依就对大雷鸟和松鼠腻味得要命了，简直一闻到它们的气味就烦。当然，它再也不在原始森林里追逐大雷鸟和松鼠了。

殊死的决斗

三年以后，莱依成为一只很出色的猎狗。

它会跑在父亲的前面，在原始森林里拦住一匹正想逃走的驼鹿，还会从北方野鹿群里撵出一两匹野鹿，使它们径直朝主人的方向跑过来。它的力气非常大，有一次，竟咬死一只扑到它身上的大狼。

后来，我父亲终于带着莱依去猎熊了。

他们找到一只熊的足迹。那只熊的巨大脚爪，在雨后的泥泞地上留下一个个深深的小坑，使人看了都害怕。莱依全身的毛都竖了起来，它勇敢地冲向前去，很快就追上了那只正不慌不忙朝山里走去的熊。

父亲看见莱依一口咬住熊的大腿，当熊迅速回过头，想给它一巴掌的时候，它动作灵活地跳到了一边。

熊刚想继续往前走，莱依又向它进攻。

父亲追上前去，开了一枪，但是仓促中只让熊受了一点轻伤。

熊被激怒了，一下子朝父亲扑过来。父亲没来得及放第二枪，就被那只骇人的猛兽用脚掌击落了他手中的枪。眨眼之间，父亲已经仰面朝天，被那极重的猛兽压在身下。

父亲以为自己准没命了，哪知熊忽然向上伸着两只前爪，从他身上摔了下去。

父亲急忙跳起来。原来是莱依紧紧地咬住了熊的耳朵，悬挂在熊的背上。

世上真没有这样一只狗，能独自打败一只凶猛的大熊。连最勇敢的西伯利亚莱卡种狗，也只敢从后面向野兽进攻。

幸而父亲及时地拾起了掉在地上的枪，在熊咬死莱依之前，开枪打中了熊的要害。

熊扑通一声倒在地上死了。

当初曼西族猎人说的话真的被证实了——忠实的莱依在千钧一发的时刻救了我父亲的命，我父亲又救了莱依的命。

只剩下祖母孤单一人

就在那一年，我祖母亲眼看着父亲死去了。那一回，莱依也救不了他。

那天风非常大，祖母说，简直是刮暴风。父亲去砍树，树没有朝他原来估计的方向倒下。他躲闪不及，被压在树下，活活地被压死了。

祖母亲手将他从砍倒的树下拖出来，埋葬在原始森林里。祖母成了孤零零的一个人。

周围是原始森林。冬季刚刚开始。河水冻了冰，不能乘小船渡过去了。步行也不成，走不到有人烟的地方。而在父亲搭在自己的猎区中的小房子里，没有很多存粮。

本来祖母自己也会打猎，可以弄点兽肉来吃，可是父亲的猎枪被那棵该死的大树压碎了。

怎么办呢？

一天，有一位猎人走进祖母的小房子。

祖母一见了他，喜出望外，向他说："好心人，把我带出原始森林吧，我将对你感激不尽。"

他回答道："行啊，老太太，我带你出去。可你得把你这只狗送给我。"

他说的就是莱依。当时莱依的名声已经传得很远，大家都知道莱依是一只出色的好狗。方圆几百公里的猎人们，虽然没见过莱依，可是都知道它。

祖母把眉头一皱，说："不行。我这只狗可不能卖。它曾经是我已去世的儿子的忠实朋友，现在它是我最好的朋友。你要什么都可以，我什么都舍得给你，就是不能把我的朋友给你。"

猎人怎么也不让步，说："你这么大岁数了，还能上哪儿去呢？反正你早晚得给我。"

"算了，"祖母说，"既然你这人心那么狠，那我就没有必要再跟你说话了。你干脆丢下我这个患难中的老太太别管啦！"

那个猎人火了："不管你说什么，我也要强领走你的狗。"

"你试试看。"祖母说着，抄起了斧头。

那个坏蛋两手空空地走了。

祖母说："我们是硬骨头，我们是西伯利亚的哥萨克。"

尽管是西伯利亚的哥萨克，但是原始森林可不是城市里的公园，这里到处是密林、沼泽、山丘，积雪齐腰深。在这种情况下，怎么给自己弄食物吃呢？

以前，父亲每打死一匹驼鹿或一只熊的时候，就当场把它收拾了，掏出内脏，切下一块肉，放进麻袋里带回家，把剩下的兽肉和兽皮收在小仓库里。

猎人都用斧头在原始森林里造一间小仓库。他们把小仓库造在一根光溜溜的圆木头上，什么野兽也爬不上去。兽肉就可以存放在这里，暂时保存起来。因为并不是每一次打猎都很顺利，也有多日一无所获的时候。

父亲告诉过祖母，他在原始森林里有三间装得满满的小仓库。那里面有驼鹿肉、北方鹿肉，还有熊肉。不过，问题是：到哪儿去找那些小仓库？

后来，我祖母还是想出了办法。

她紧紧地扎上一条皮腰带，把斧头掖在腰间，登上滑雪板，拖了一辆雪橇，向莱依说："来吧，莱依！我全指望你啦。你往前跑，指给我看，你主人把打来的猎物都收在哪儿了。你找一找！"

莱依摇摇尾巴，向原始森林里跑去。它跑几步就回头瞧瞧祖母是不是跟在它后面。

莱依真聪明——真的把祖母带到小仓库跟前去了！

祖母把存肉全部用雪橇运回家去后，莱依又带她去找了第二间小仓库。之后，又带她去找了第三间小仓库。就这样，她和莱依吃了一冬的兽肉，饱饱地度过了一冬。

春天，冰消雪融后，祖母往父亲的小船里铺了几张兽皮，又拿了点行装，乘船顺流而下，漂了六十来公里，来到最近的一个村庄。

在那里，好心人帮助了她，村苏维埃给了她一所小木房子。我母亲在城里读书，那时我还很小，和母亲住在一起。祖母和城里通信后，得知母亲病重，赶紧乘火车去看她。等祖母赶到时，母亲已经去世了。于是，祖母在世上成了孤单单的一个人，怀里抱着我——我那时还很小。

我们在城外铁路附近的一座村镇里落了户。

莱依当然始终没有与我的祖母分离。

莱依看孩子

祖母来把我抱走那年，我还不到四周岁，什么也不懂，简直是个小傻瓜。祖母说，我那时候别提有多不听话，别提有多淘气了！她带着我，日子可真难过啊！

祖母当然找了工作，上班了。她把我留在家里，没有人看我。附近没有幼儿园。

祖母把这个任务交给莱依。

她想出办法，叫莱依看我。

　　她把我叫过去，又把莱依叫过去，命令我们俩都坐在椅子上，说："你们俩都听着。莱依，我把这位小伙子托付给你，你得照看他。在我上班的时候，不许他胡闹，不许他淘气。明白了吗？"

　　莱依回答："汪！"

　　它当然只是随便汪了一声，因为它已经习惯了，不论问它什么问题，它都回答："汪！"

　　祖母对我说："喏，莱依说'好'！它什么都懂。你必须听它的话，就像听我的话一样。"跟着，她又对莱依说，"这位小伙子要是干了什么顽皮事儿，等我回来了，你全讲给我听。明白了吗？"

　　莱依当然又回答："汪！"

　　"小伙子"吓得连动也不敢动，老老实实坐在那儿，因为那时我还以为莱依是狼呢。

　　"奶奶，"我嘟嘟囔囔地说，"我怕它……好奶奶，别把我一个人留下来让它看！"

　　"小伙子，你根本用不着怕它。"祖母皱着眉头说，"莱依是很好、很正直的。喏，你摸摸它。"

　　我拼命地把小手往回缩，可是祖母还是拉着我的小手，用它摸了摸莱依的头。

"喏，你要做好孩子，它就对你好。你跟它一块儿玩都行。你扔给它一根小棍儿，它就给你叼过来……不过，在它的面前淘气，"祖母厉声厉色地加了一句，"你可别想！它全要告诉我的。等我回来的时候，你等着瞧吧！"

祖母走出去，关上门；我独自一人留了下来，跟这只"大灰狼"面对面。我心里多害怕呀！虽然那时我还很小，可是当时的情况，我一辈子也忘不了。

我坐在椅子上，活像被螺丝钉拧上了似的，吓得半死不活，连大气也不敢出——谁晓得它在想些什么！

莱依早就跳下椅子，把两只前爪搭在窗户台上，目送着祖母的背影。

后来，它又在屋里来回走了几趟，到它吃饭用的那只碗（那只碗就在墙角里）跟前去看了看。碗是空的。忽然它朝我走过来了。

我惊骇得在椅子上挺直了身子——它准是要吃我！

其实它只是走到我身边，把头放在我的膝盖上。那个头可真大，重极了。

我一看，它并不是要吃我，原来它是一只很善良的"狼"啊，根本没打算咬我。我不害怕了，轻轻把手放在它头上。

它没表示什么。

我开始小心翼翼地摸它，就像祖母教我的那样。越摸越低，等碰到它鼻子时，它用湿漉漉的舌头舔舔我的手。

我爬下椅子，看见祖母正向窗里望着我，笑容满面。

她用手比画着，让我打开小窗子。

我爬上窗户台，打开了小窗子。祖母问我："怎么样？这只'狼'不可怕吧？"

"奶奶，不可怕。"

"这就好了，你们一起留在这儿吧。我很快就回来，午间休息的时候，我回来瞧瞧——我工作的地方离这儿不远。"

就这样，我渐渐习惯了莱依。不过，当然，当着它的面，我从来没干过什么特别的事情。我担心它会向祖母告状。

狼　　牙

过了不久，我完全相信它不是狼了。它成了我的好朋友。我摸它，推它，揪它的尾巴。我甚至还爬到它背上去，骑着它满屋跑——它当了我的一匹出色的小马。它从来没有对我发过脾气，对我连怒声都没有发出过。

有时候我在它面前表现得不太好。祖母不在家的时候，谁知道我忽然异想天开会想出什么馊主意。也有那种时候，我从祖母的抽屉里偷几块糖吃，或者尝一两匙果酱。

不过，我每次总把偷拿的美味食物老老实实地分给莱依吃。假使我拿两块方糖或两个小面包圈，我准给它一个。它总是收下。

我每次都求它："好莱依，请你千万别告诉奶奶。你没有关系，奶奶从来也不碰你；可我呢……你自己知道！奶奶的手可快哩！"

莱依说："汪！"

等祖母下班回来时，莱依立刻用后脚站起来，把两只前脚搭在她的肩膀上，不知向她耳朵里说些什么悄悄话。

当时我以为它那是悄悄地告诉祖母，我的表现好不好。其实它只不过是在舔她的耳朵，那是它与祖母见面打招呼的一种习惯。

祖母就假装莱依是在向她报告情况。

于是我总担心它会说走嘴，对她说一点我的坏话。

祖母用目光扫视下屋里，看到一切正常，就对我说："好呀，真是好样儿的。莱依告诉我，你今天表现得很好。"

这样一来，我就完全以为莱依是跟我一伙儿的了，当着它的面，我可以为所欲为。

有一天，我发现炉子上面的架子上有一盒火柴，祖母忘记把它拿走了。我立刻决定在屋子当中点个小火堆。

我小时候特别喜欢火。直到如今，我还能在打开了火炉门的火炉前坐几个小时，凝视着那黄色与红色的火焰一会儿蜷缩隐藏，一会儿熊熊燃烧，跳着活泼欣愉的舞蹈，一会儿像小溪似的从木柴上跑过，一会儿忽然像放枪一样，啪的一声，冒一阵烟儿！

煤块，我也喜欢；我喜欢看煤块燃烧得闪烁着金光，吐着蓝蓝的火舌。我总觉得火里面有一些隐约可见的东西——各式各样的火凤凰，有尾巴的小鬼，还有不知何许人的脸。

现在我才知道，祖母最担心的，就是怕我一个人留在家里时，闹出一场火灾。每次她去上班的时候，都随身带走所有的装有火柴的火柴盒。她在家的时候，我只要把手伸向火柴，她马上照准我的那只手就是一巴掌，喝道："不许碰！"简直像管教莱依似的。这一次，她怎么会把一盒火柴落在了架子上，她自己也不知道。

墙角里有一只箱子，装着废纸和垃圾。我把那只箱子拖到屋子当中，把里面的东西全倒在地板上，用废纸、劈柴和碎木片堆成一个很像样子的柴火堆。然后，我把板凳搬到架子底下，爬上去够火柴。

我刚抓起火柴盒，听见火柴在盒子里轻轻响了一阵，忽然有谁在我身后发出咆哮声。我回头一瞧——是莱依！它站在那儿，竖起颈上的毛，完全变了样子。主要是，它龇出了大牙——那一口可怕的狼牙啊！

这可把我吓坏了，我吓得从板凳上摔了下来，同时失手将火柴撒了一地。

我爬起来，摩挲摩挲跌青的膝盖，用顶和气的声调问莱依："好莱依，你怎么啦？你别那样想，我只不过拿一根火柴，别的全给奶奶留着。我只想把柴堆点着。"

莱依一声不响地听着。它脖子上的毛躺了下去，大牙也藏在嘴唇后面了。

可是，我刚伸出手再去拿火柴，大牙就又出现在我面前！它的嘴唇皱了起来，雪白的大牙龇在外头。

我赶紧躲开它，逃到最远的墙角里去。

莱依看见我这样做，就躺了下去，将头放在爪子上。它又成了我的善良的好莱依。

我一个劲儿跟它说："好吧，我不点火了，我想把火柴拾起来，搁回原处，不然被奶奶看见了，可得给我一顿好揍……"我劝了它半天，用各种甜蜜的名字称呼它。

它高高兴兴地望着我，还摇尾巴哩。可是我只要一走近火柴，它马上就变得凶狠无比，眼睛里放出凶光，嘴唇也咧开了。

一直到祖母下班回家，莱依也没让我碰一下火柴。

好家伙！为了这件事，祖母可给了我个厉害瞧！哎呀呀！疼得我都没法往椅子上坐了，疼到半夜还没好。

"你永远记住吧！"祖母说，"莱依把公私分得很清，友谊归友谊，工作归工作。既然跟你说了'不许碰！'，那你就别想做这件事，反正莱依是不会让你做的。"

原来全部奥秘就在这里，每次我伸手去拿火柴的时候，祖母总跟我说："不许碰！"

莱依非常熟悉这句话。

现在，什么都可以简简单单地解释明白了。可我小的时候，这种事情我全不明白，那时我还以为莱依跟我祖母一样。它看着我，担心我会闹出一场火灾，把房子给烧掉。那一回，它把我吓破了胆；从此以后，在它面前，我不仅不敢干越轨的事儿，而且连想也不敢想了。

莱依当上了守卫

邻居们不明白这些事情，常常问祖母："您怎么能把自己家的小娃娃独自一人留在家里，把他交给狗看呢？你们家的狗很老实，他总骑在它背上玩哩。"

"我认为莱依很可靠，"祖母回答他们，"我信任它，就像信任一个人似的。"

谁都喜欢莱依，除了我以外，谁都不怕莱依。它从来没冲着任何人叫唤过。谁到我们家里来，莱依从不碰他们。

祖母说，因为它是原始森林里的狗，所以才这样。它非常信任人。在原始森林里，人很少，来的人都是打猎的。它从来没看见过那些人干坏事。原始森林里的猎人从来不欺负狗，不欺负自己家里的狗，也不欺负别人家的狗。

还有，西伯利亚原始森林里的居民非常好客，谁都欢迎。有时候，偶尔有个陌生人进来借个火，要求住一夜，主人从不拒绝，一定准许他进帐篷里去。让他吃饱喝足了，给他安排个地方睡觉，连问都不问他是什么人，打哪儿来，到原始森林里来干什么。居民们认为，不管是谁，你对他殷勤款待，他怎么还能欺负你呢？西伯利亚人说："用肚子是偷不走面包的。"

于是就形成了这样一种习惯，不论谁到家里来，西伯利亚莱卡种狗都当贵宾看待。西伯利亚莱卡种狗跟城里的各式各样的德国种狼狗可不一样。德国种狼狗认为主人是自己人，别人全是敌人。不信，你到养有这种狗的人家去试试看！这种狗会马上扑到你胸上去，把你推倒，然后一口咬住你的喉咙。有时候，主人还故意训练它们去咬人、恨人。莱依却很喜欢人。

有一天，祖母从外面领了一个男的到家里来。天气非常冷，那人身上只穿了一件棉衣，两只手冻得通红，冷得浑身发抖。他年纪虽不大，但是灰溜溜的脸上长满了胡子，一双眼睛深陷在眼窝里。祖母觉得他可怜，所以把他带回家来，让他吃得饱饱的，还给了他一点钱。至于他是谁，打哪儿来的，祖母连问也没有问。他自己说，他有病，刚出院，还没有工作。他临走的时候，对祖母千恩万谢。

大约两个星期以后的一天早晨，祖母照常去上班，我和莱依留在家里。莱依照例睡在墙角里，我正在看一本小书里的画。那时我已经七岁多了，会看书了，虽然看得不太快。

我听见有人敲窗户。

我走过去一瞧，是个陌生人，我一下子没能认出来，他就是祖母曾经带回来的那人。他身上穿着大衣，脸刮得光光的，留着两撇小小的胡子。

我听见他隔着窗户喊道："老太太在家吗？"

我摇着头说："不在！不在！"

他给我看他夹在一只手里的香烟，用另一只手做出划火柴的样子，意思说：需要点烟。

我向他喊道："没有火柴！奶奶一出去，就把火柴带走了。"

他耸耸肩膀，然后指指小窗子，意思说：把小窗子打开，我听不见。

我把小窗子给他打开了，好解释清楚。这时，他很快地将手从小窗子里伸了进来，拉开窗闩，推开了窗。我还没明白过来，他就已经跳进了屋子，站在我身旁。

"小狗崽子！告诉我，老婆子把钱藏在哪儿？快！"

这时，我当然就恍然大悟了。我浑身发抖，可还是意识到，应该向谁求救。

我突然大叫一声："好莱依！莱依！"

陌生人一只手掐住我的喉咙，另一只手从怀里掏出一把刀，朝我挥起……

然后他一个跟头摔倒了！刀也飞到一边去了。

我再一看，陌生人躺在地上，身上的大衣已经被撕得粉碎。莱依站在他身上——那不是莱依，是一只狼！

陌生人用一种疯狂的尖细嗓音放声大叫。

我从窗户蹦了出去，也放声大嚷，但是不知道自己嚷了些什么。

幸亏这节骨眼上有两个熟人——两个铁路员工——路过我家附近，他们急忙跑过来问："怎么啦？出了什么事？"

我全身瑟瑟地抖着，一句话也说不出来。

他们走到窗前一瞧，就什么都明白了。

陌生人正用两只手捂住喉咙，哀号着："狼呀，快把狼赶走，该死的！"

两个铁路员工想从窗户跳进去，莱依就朝他们扑过来。唉，野兽终究是野兽！

一个铁路员工飞奔到祖母的工作单位去找她。幸亏不远，祖母顷刻之间就跑回来了。

祖母进屋里去，拉住莱依的颈圈，别人才能进去。来了一大群人，抓住那个陌生人，用绳子把他捆上，捡起刀子，送他到警局去了。

他还不停地骂祖母："你要对我负责任的！法律不准许在家里养狼。它把什么都撕碎了，该死的魔鬼！"

祖母打量了他一阵子，皱皱眉头，说道："你唤醒了一只善良的狗的恶兽天性。你应该庆幸没有把命送掉。"

自从发生了那件事以后，莱依再也不像以前那样了！莱依不肯放任何陌生人到家里来。它成了一个守卫，比随便什么样的德国种狼狗都要好的守卫。

祖母说："它现在明白了，人，有各种各样的，对善的要报以善，对恶的要报以恶。孩子，生活就是这样，在城里是这样，在原始森林里也是这样。世界上，没有比好人的心更善良的了，也没有比坏人的心更狠毒的了。莱依，对吗？"

莱依回答她："汪！"

王汶　编译

狐　情

卢振中

1

母狐紫雾蹲在太湖石般的红柳疙瘩上，已经整整三个昼夜了。

它望眼欲穿，它泪水流干，它悲痛欲绝。它知道，它亲爱的郎君公狐闪电再也回不来了。

闪电三天前出去猎食，离开家不一会儿，东北方就传来"嘶啦——"一声刺耳的枪响。母狐紫雾熟悉这扯布般的枪声，什么鸟兽撞上这杆猎枪，都必死无疑。因此，这猎人便有了令人不寒而栗的绰号——"定心丸"。

紫雾也不想活了，它想就这样永远蹲下去，同这红柳疙瘩化为一尊雕像，岁岁月月翘望着公狐闪电归来。

就在母狐做出这样的决定时，它的肚子突然一阵绞心地疼痛，它两眼一黑，一头从红柳疙瘩上栽下来。当它醒过来，它发现身边躺着三只满是血迹的毛茸茸的小狐崽。

紫雾并不是第一次做妈妈，可它心里依然涌起一种异样的神圣之感。

嗷哇！是海鸥的叫声，紫雾立刻意识到眼前的处境危险。可把三只狐崽同时弄回家，它没有这样的本事。

恰巧老邻居狐狸耷耷耳夫妇猎食经过这里。于是，每人叼上一只狐崽，送到西南处不远的那段叫老牛鼻子的旧黄河坝子下的家里。

母狐紫雾这才发现，那只唯一的公狐崽，一条后腿弯曲细短。紫雾不由得为公狐崽将来的生计担心起来。对于狐狸来说，在这个充满险恶的世界上，有发达健壮的四肢，跟有一副好脑瓜同样重要。

紫雾已几天滴水未进，加上分娩的消耗，身体非常虚弱，急需吃点东西。为了自己，更为了三个孩子，它跌跌撞撞来到北面的小河边。

河岸芦苇边的湿地上满是手指大的小洞。紫雾嘴拱脚挠，没几下便从小洞里扒出一只柿子大小的螃蟹，嘎嘣嘣几下吞进肚里。当它吃下十几只螃蟹后，它瘪塌塌的肚子像充上气的轮胎，渐渐凸了起来。

紫雾知道，螃蟹不但能饱肚，还是催奶的灵丹妙药。在回家的路上，它的乳房便有些充实了。

2

偌大的黄河口荒原，遍布水泊、蒿草，一派蛮荒苍凉的景象，是鸟兽最理想的生活乐园。只是，这里的人偏爱鸟类，把兽类视为大敌，怕它们在黄河堤坝上打洞作孽。从古到今，旧衙门、新政府都在悬赏捉拿穴居野兽。过去赏小米，如今奖人民币。"定心丸"就是贪图那些花花绿绿的纸票子，杀害了公狐闪电。

"定心丸"猎杀闪电的第七天，用一辆自行车驮着晾晒得半干不湿的公狐皮，从荒原办事处领赏回来，被正在追捕一只黄鼠狼的紫雾碰上了。

紫雾眼里喷血，龇牙咧嘴想要扑上去，咬断他的脖颈。就是被枪杀剥皮，它也不怕。可它忍住了——唉，还不全因为那三只可怜的小狐崽，它不忍心让它们成为孤儿啊。

"定心丸"全然没有发现隐在路旁草丛中的紫雾，他只顾数着那几张票子，可是他不见半点开心的样子，因为三十元钱实在太少了。前年老伴去世了，留给他一个患婴儿瘫的女儿铃铃，如今六岁了，走起路来左腿一瘸一拐的。城里医生说，治好这腿得需三千元。

这一切，母狐紫雾当然不会知道。它只知道公狐闪电没有

一点过错，甚至它的同类也不曾有什么不轨行为。它们狐狸不懂蚁穴溃堤的意义，却懂得河堤决口，受害的不仅是人类，兽类也难逃灭顶之灾。因此，如今狐狸洞穴都远离黄河堤坝。紫雾住的那段老牛鼻子旧黄河坝子下，就住着奋奋耳、白尾巴等五六家狐狸。

小狐崽在紫雾精心的照料下，个个长得活泼可爱。

仲秋的一天，紫雾竟意外地一整天没出门为小狐崽弄吃的，小家伙们饿得嗷嗷直叫。夜晚，紫雾带领孩子们来到它曾捉螃蟹的小河边。月光下，苇秆上蠕动着一个个柿子大的黑蛋蛋。这是一只只螃蟹，白天躲在泥滩下憋坏了，夜晚顽童般攀上苇秆玩耍撒野。

母狐嗵地弹跳起来，从高高的苇秆上叼下一只螃蟹，咔嚓咔嚓吃起来。

两只母狐崽立即模仿紫雾的样子，小皮球般跳跃着，叼下苇秆上的螃蟹，狼吞虎咽地吃着。

公狐崽望着苇秆上的螃蟹，前爪一扑一扑的，身子却怎么也不能跳离地面。它发现了一只攀在芦苇根部的螃蟹，刚要张嘴去叼，紫雾一脚给踢掉了。紫雾坚持要它去叼那只在苇秆腰上的螃蟹。

公狐崽只好站立起来，吃力地往上蹦跳着。由于那条残疾的后腿力量不足，尽管它拼了全身气力，嘴巴仍离螃蟹有那么一点点距离。

紫雾边咦咦喊着给它鼓劲，边暗暗用脚爪把苇秆压低了些。公狐崽终于从苇秆上叼下了螃蟹。

紫雾又让公狐崽去叼更高的苇秆上的螃蟹。小家伙满怀信心，加上第一次捉蟹的经验，这一次紫雾没在暗中帮忙，它就把螃蟹叼下来了。

紫雾就这样训练着公狐崽。它知道，对孩子不能溺爱，未来的世界对于有残疾的公狐崽，更是险象环生。

3

秋去冬来，荒原落下第一场雪，顽皮的狐崽们惊奇地对着漫天飞舞的"白蝴蝶"又扑又咬。

紫雾却是另一种心情，它知道冬天对于它们不仅是严寒，更重要的是食物的严重匮乏。雪后的第二天一大早，紫雾便悄悄走出家门为孩子们猎食去了。荒原一片白茫茫的。紫雾不喜欢雪，雪地使每个脚印都像图章印在白纸上。

紫雾走不多远，就在雪地上拾到一只冻僵的野兔子，它叼起来往家跑去。为了避免猎人的跟踪，紫雾迂回着回窝里去。突然，一股异样的气味从雪后清冷的空气中飘来。

紫雾急忙藏在一丛灌木下，探出脑袋往前一望，顿时惊得嘴里的兔子都掉在了雪地上。猎人"定心丸"就隐在前边的枯苇荡里。紫雾朝"定心丸"枪口瞄准的方向望去——沼泽边有两只翩翩起舞的白鹤。

如果说"定心丸"杀害公狐闪电，还可以冠冕堂皇地打出"为民除害"的招牌，而猎杀白鹤这种国家一级保护动物，就是赤裸裸的犯罪行为了。这猎人有一手绝技，做出的鸟标本除了不会飞，看上去跟活鸟别无二致。只是，这些活灵活现的鸟标本，这些年只能成为女儿铃铃的玩具。

直到前天，他才从收音机里听到，有人向外国走私珍稀动物标本，一只白鹤标本值一千元哩。原来这雕虫小技，竟能弄大钱——啊，女儿铃铃的腿有救了！

可惜这信息来得太晚了，白鹤都飞到南方越冬去了。整整两天他几乎跑断了腿，昨天傍黑终于发现了这两只白鹤。可天马上黑下来了，接着下起了雪。他激动得一夜没合眼，今早天没亮就到了荒原。

紫雾决心破坏这场狩猎，为死难的公狐闪电报仇雪恨。它把野兔藏在灌木丛里，靠杂草遮挡嗖嗖几下来到沼泽边，旋即箭一般射向白鹤。正在舞蹈的白鹤突然受到惊吓，惨叫着惊慌地飞上天空。

"定心丸"望望越飞越高的白鹤，再望望雪地里一团紫雾般的狐狸身影，顿时恍然大悟。"定心丸"牙齿咬得咔咔响，这仇，紫雾算是报到节骨眼上了——这肯定是最后一对离开荒原的白鹤。

不能就这样让紫雾白白跑掉。"定心丸"尾随雪地上的狐脚印，大步追了上去。假如在平时，紫雾根本用不着跑远，只要兜上两个圈子，随便往草丛里一钻，保准万事大吉。可眼下，任它跑到哪里，雪地上都留下一串"路标"。

紫雾边跑边动脑子，眼一瞥，发现雪地上有两个苇秆大的小孔。它知道，雪地下一定隐着一只野兽，雪地上的小孔是野兽鼻孔喘气弄出来的。紫雾眼珠一转，想出一个绝妙的主意。

它唰地在雪地上趄了一个圈，找到那两个小孔，嚓地一爪子刨下去。

"腾！"雪地下弹起一只小兽，是只脑瓜上嵌三道花纹的大脚狗獾，狗獾本该到了整天躺在窝里睡大觉的时候，这家伙冬眠前却要钻到雪地下潇洒一番。狗獾莫名其妙地被惊扰了美梦，吓得抱头鼠窜。

其实，狗獾大可不必如此惊恐，此刻紫雾打扰，实在没一点恶意，只不过是要借借它的大脚印用用。紫雾这一招，真可谓妙不可言。狗獾在前面跑，紫雾影子般若即若离地跟着，每一步都不偏不倚踏在大脚狗獾印在雪地上的大脚印上。"定心丸"追着追着，忽然发现雪地上的狐狸脚印变成了大脚狗獾脚印，心想难道紫雾是只狐狸精，像孙猴儿那样会七十二变？

他颓然地一屁股坐在雪地上，接连抽了三根烟。然后，失魂落魄地朝家走去。

走到半路，他又返回来了。

他一定要弄个水落石出，这狐狸到底耍了什么鬼花招。当他伏下身子仔细瞅瞅狗獾脚印，破绽就出来了——狗獾长长的趾尖浅浅地印在雪地上，脚掌部分却深深陷下去。根据狗獾的体重和行走习惯，脚掌是陷不了这么深的，这显然被紫雾重新踏过一次。

4

当猎人"定心丸"破译着雪地上的脚印之谜时，母狐紫雾绕了一个圈又回到灌木丛那儿，找回了那只死野兔。这会儿正让三只小狐崽享受着美味佳肴哩。

对于"定心丸"，这初雪后的第一个早晨简直倒霉透了。猎人心里装不得火，它只能燃烧，喷发。

"定心丸"决定对紫雾进行报复。而且初冬季节，正是狐皮最值钱的时候。

猎人"定心丸"满荒原转着，判断狐的窝就在老牛鼻子旧黄河坝子下。当晚他把猎枪备好，又装满一葫芦特制的铁砂。这铁砂穿透力特强，却不伤害狐狸皮毛。

第二天半夜三更，"定心丸"带上猎枪、铁砂，临出门又拎上一只装满柴火的大草筐。他急匆匆地来到老牛鼻子，径直奔向旧黄河坝子东北角的一丛荆棘掩盖着的破洞前。也真凑巧，这正是母狐紫雾的家。

"定心丸"从筐里抱出一团草，一下子堵住狐洞，啪嗒一声点燃打火机……

猎人刚走近坝子，紫雾听动静就断定来人是"定心丸"，它在洞里高度警惕着，以便见机行事，只是没想到他会来这一手。

紫雾不等浓烟灌进洞里，就攒足全身气力，对着洞口一头冲撞出去。披在身上的柴草、烟火，烧灼得紫雾疼痛难忍，它嗵地蹦高，在空中来了个漂亮的两周后滚翻。恰好在这一刹那，"定心丸"的枪响了，铁砂擦着地皮扫过去。当然，没伤着紫雾一根毫毛——神人也料不到这鬼精灵会来这一手。

紫雾跑不多远又返回来，它不能抛下孩子们自个儿逃命。这时，"定心丸"正往枪里装铁砂。紫雾"嗷——"一声惊天动地的长鸣，霎时，长长的坝子里一下子钻出六七只狗大的狐狸，冲"定心丸"围攻上去。

"定心丸"哪见过这种阵势，鬼哭狼嚎般惊呼着，舞枪抡筐，连滚带爬冲出了狐群。他跟跟跄跄跑回村，在村头正好碰上要去打猎的老猎人二囤。

当"定心丸"说出事情原委，二囤眼珠子一瞪："狐狸竟抱成团欺侮猎人，反了！"

二囤立即把小村里七八个猎人召集起来，扛上猎枪，领上猎狗，带上铁锨，浩浩荡荡直奔老牛鼻子。

"定心丸"仓皇逃走后，母狐紫雾、奋奋耳、白尾巴几只年长资深的狐狸简短商议了一下，觉得事态严重，决定马上迁移，离开旧黄河坝子。

公狐崽经紫雾精心调教和训练后，那条瘸腿的技能明显增强，但离一条好腿还相距甚远，跑起来仍一颠一颠的。紫雾一家刚逃到东南处的一片槐树林里，猎人"定心丸"就追上来了。

权衡利弊，紫雾狠狠心，丢下了公狐崽，带上两只母狐崽一阵风飞奔而去，在黄河滩上一块腐朽的船板下暂时安顿了下来。

5

一场劫难过去了，紫雾开始思念起公狐崽。

当夜，母狐紫雾踏着月光、残雪悄悄进了小村，找到猎人"定心丸"家，只见公狐崽被一条细铁链套着脖子，牢牢锁在外屋方桌的铁腿上，紫雾知道这孩子救不走了。

绝望的紫雾跳上了桌子。桌角上有一只蓝色塑料水桶，长长的尼龙绳盘成一团。

紫雾跳下桌子走进里屋，炕上睡着猎人"定心丸"和一个女孩。"定心丸"两手攥住女孩的一条腿。

紫雾从屋里走了出去，很快给公狐崽叼来一只大老鼠，然后一声不响地跳窗离开了。

"定心丸"和女孩并没睡，月光把屋里映得亮堂堂的，紫雾的一举一动他们全看到了。"定心丸"不急于打死紫雾，只要公狐崽在，紫雾就等于攥在他的手心里。他要狠狠折磨折磨紫雾的那颗心。

第二天夜半紫雾又来了。这一次它直奔公狐崽，毫不左顾右盼，把拴公狐崽的细铁链用牙齿从头到尾一个个环节咬了一遍，接着又从尾到头再咬一遍。

然后，紫雾跳上桌子，叼起拴水桶的尼龙绳头，纵身跃上屋梁，把绳子穿过屋梁，绳子垂落下来。紫雾下到地面，牙齿和前脚配合，很快在绳头结起一个圈，套在公狐崽头上。

公狐崽看到紫雾想尽法儿救它，高兴得小狗样摇头摆尾的。紫雾却一副极为忧伤的样子。少顷，它又把公狐崽脖子上的绳套解开了，然后，从窗子跑了出去。不大会儿，它给公狐崽送来一只黄鼠狼。

一连三个夜晚，紫雾进屋后都在重复这一套动作。

每次等紫雾离开了，铃铃总要好奇地问爸爸，狐狸妈妈这是在做什么。"定心丸"总是缄默不语，他也琢磨不透紫雾在搞什么名堂。

第四天夜晚，"定心丸"正给女儿的腿做按摩，紫雾又来了，它仍然做着前几次做的那一切。只是，这次紫雾没有立即把绳套为公狐崽解开，而是伸出紫红的舌头，对着公狐崽的脸蛋一下下地舔着……

这时，一缕月光穿过窗户洒在狐狸母子身上，只见紫雾眼窝里泪光闪闪，紫雾把公狐崽的脑瓜、身子挨个儿舔了一遍，便紧紧闭上眼睛，前额紧贴在公狐崽的脑门上，那样静静地不动足有一分钟。

然后，它纵身跳上桌子，头一摆，一下子把桌角盛有半桶水的塑料水桶推下去。公狐崽叫都没来得及叫一声，倏地被吊上半空……

"啊！""定心丸"和女儿同时惊叫起来。"定心丸"一骨碌从炕上跳下来，几步蹿到外屋，伸手把公狐崽从吊着的绳套上解下来。

铃铃也跛着一条腿奔到外屋。

"定心丸"终于恍然大悟，紫雾一定是对救出公狐崽绝望了，不忍心让它永无休止地遭受这样的折磨和苦难，便下了狠心吊死孩子。然后，无牵无挂地带领两只母狐崽，永远离开荒原。

　　"定心丸"没把这个推断告诉铃铃，女儿稚嫩的心灵经不住这样残酷的事实的刺激。

　　铃铃轻轻抚摸着公狐崽，蓦地手像被沸水烫了般，尖声惊叫起来："哎呀，这小狐崽也跟我一样，一条腿瘸！"

　　其实，"定心丸"早就知道公狐崽一条腿有残疾，可他不愿把这个事实告诉女儿，此刻，他望望公狐崽，又望望女儿铃铃，这个铁石心肠的汉子，禁不住泪水顺着眼角潸潸流淌下来。

　　铃铃急忙伸出小手掌为"定心丸"擦眼泪："爸爸，你怎么哭了?"

　　"定心丸"没有回答女儿的话，他从墙角拿过一把钳子，几下夹断了公狐崽脖子上的锁链，随即打开门，把公狐崽放在地上。

　　铃铃响亮地拍着小手："去呀，小狐崽，快找妈妈去呀！"

　　公狐崽愣了一会儿，"嗷——"地叫了声，很快消失在月夜里……

来自荒原的狼（节选）

[美国] 杰克·伦敦

灰　仔

在五只狼崽中，灰仔是最与众不同的。

其他狼崽的毛色已经显出从母亲那里继承来的隐隐的红色，只有它酷似父亲。它是这一窝里的一只小小的灰色狼崽，是地地道道的狼种。它长得几乎和父亲独眼一模一样，唯一的区别就是，它有两只眼睛，而它的父亲只有一只。

它睁开眼睛还没多久，就已能够看得清清楚楚的。当它还闭着眼睛的时候，它就已能够尝、嗅、感觉外物了。它特别熟悉它的两个兄弟和两个姐妹，它软弱而笨拙地开始与它们游戏甚至吵闹。它发怒时，小喉咙里发出一种怪诞刺耳的声音（那是幼稚的咆哮）。眼睛没有睁开以前，它就凭着触觉、嗅觉和味觉认识了自己的母亲——慈爱、温暖、乳汁之源。母亲那条温暖的舌头爱抚地舔过它柔软的小身体的时候，它感到了安慰，它紧紧地偎在母亲的怀中安详地入梦。就这样，它最初一个月的大部分时间在睡眠中度过了。

　　现在，它终于能够清清楚楚地看见东西了。它醒着的时间变长了。它要明明白白地逐渐认识自己生存的世界。它的世界晦暗不明，不过它不懂，因为它不知道外面的世界；它的世界光线微弱，不过它的眼睛从未接触过其他的光线。它的世界很小，洞穴的墙壁就是界限。然而，既然对于外面的大世界一无所知，它也就不曾因为非常狭窄的生活环境而感到压抑。

　　它已经发现，它的世界中，有一面墙和其他的墙不同。那就是洞口——光明的源泉。早在它有一切自觉的思想、意志以前，在它尚未睁开眼睛观看以前，它就发现那面墙不同于其他的墙。

　　对于它，洞口是一种不可抗拒的诱惑，从那边来的光线照在它闭合的眼睑上，眼睛及视觉神经就悸动起来，产生微弱的火花似的闪烁，让它感到温暖和出奇地愉快。

　　开始，它尚不能自理的时候，它总是爬向洞口。这一点，它们兄弟姐妹是一致的。在那段时间里，没有谁肯爬向后面墙的黑暗角落。它们仿佛是植物，光线吸引它们，而它们生活中的那种特质需要光线。光线好像就是生存必需的物质。它们幼小的身体发育了，有了自觉、冲动和欲望。光线的诱惑就更大了。它们老是匍匐着爬向洞口，又总是被母亲赶了回来。

　　灰仔就是这样知道了母亲除了慈爱以外的脾性。它发现，在它坚持爬向光明的时候，母亲会使劲拱一拱鼻子作为谴责，之后用一只爪子将它打倒，或用敏捷的有计划的打击使它连打几个滚。它就这样知道了疼痛，也就知道了如何避免受伤：首先不要自找麻烦；其次，如果惹了麻烦，要退却躲避。在此之前，它是无意识地躲避伤害，就像它无意识地爬向光明一样。在此之后，它之所以躲避伤害，是因为它知道了那是伤害。这些自觉的行为，便是它初次探索世界的收获。

不言而喻，和它的兄弟姐妹一样，它是只凶猛的小狼崽，一只食肉的野兽，出身于屠杀和食肉的种族。它的父母完全依靠肉食生活。在生命最初的瞬间，它喝的就是由肉直接变成的奶。现在，它才一个月大，眼睛刚刚睁开一周，自己也开始吃肉了。这肉经过母狼半消化，然后喂给五只渐渐长大的狼崽，因为它的乳房已经不能满足它们的需求了。

它是这一窝里最凶猛的狼崽，能发出比其他任何一只都更响亮、更刺耳的吼叫。它稚嫩的愤怒要比兄弟姐妹可怕得多。它第一个知道用爪子狡猾地将兄弟姐妹打得四脚朝天，第一个咬住别的狼崽的耳朵又拖又拉，咆哮不止。它的母亲禁止它到洞口去，它也给母亲增加了许多麻烦。

光明对这灰仔的魔力一天天在增加。它常常冒险爬向洞口，又常常被赶了回来。它并不知道那是一个入口，也不知道那是什么入口，以及是从哪里到哪里的入口。它不知道任何别的地方，更不知道通往别的地方的路。因此，那洞口对于它也是一堵墙壁——一堵光明的墙壁。像太阳之于洞穴外面的居住者一样，那光明的墙壁就是它的世界中的太阳。光明如烛光引诱飞蛾般引诱它。它总是尽最大的努力去接近光明。生命如此迅速地在它身体内部扩张，促使它不断走向光明的墙壁。它内部的生命知道那是一条出路——它即将踏上的路途。

然而，它自己什么也不知道，压根儿不知道还有什么外界。

关于那堵光明的墙壁，还有一件事令它感到奇怪。它的父亲（它已能认出，父亲是世界上另外一个和母亲相似的动物。父亲靠近光明睡，是食物的供应者）总是一直走入并远远地消失在那光明的墙壁里。灰色的狼崽困惑不解。虽然母亲一向不许它接近那光明的墙壁，但它接近过其他的墙壁，粗糙的物体碰伤了它娇嫩的鼻尖，几次冒险以后，它不再去碰壁了。它无须思考判断，便认为隐入墙壁是父亲的特性，正如半消化的肉和奶汁是母亲的特性一样。

实事求是地说，灰仔并未仔细思考，至少没有像人类那样思考过。但它的判断却和人类一样敏锐明晰。

它有一种接受事物而不问原因的方法。这实际上是分类的方法。它从来不会因为一件事物为什么发生而烦恼。知道怎么发生的，对于它来说，已足够了。因此，几次碰壁后它认定，它不能隐入墙壁，而它的父亲能。但它毫不费心思去想它与父亲之间不同的原因。

和"荒原"上大多数动物一样，它老早就品尝了饥饿的味道。有一段时间里，没有肉的供给，母亲的乳房也不再流出乳汁来，狼崽们先是叫唤，后来更多的时间是在睡觉。母狼也离开孩子们出去找吃的了。它更强壮些时，不得不单独玩儿，因为那位姐妹已饿得不再抬头也不再走动了。现在有食物了，它吃得肚子鼓鼓胀胀的；而对于它的那位姐妹，食物到来得太晚了。那位姐妹皮包骨头，继续睡觉，内部的火焰越来越弱，最后完全熄灭了。

后来，又发生了第二次饥荒，但不太严重，快结束时，灰仔再也看不到父亲进进出出或躺在洞穴的入口处睡觉了。母狼知道独眼为什么不再回来，然而却无法将目睹的一切告诉灰仔。

母狼自己出去猎食，沿河流左边的支流向上游走，那里有大山猫。母狼追寻着独眼前一天的足迹，在足迹的尽头找到了它，更确切地说是找到了它的残骸。那里到处可见有过一场大战的斑斑痕迹，还能见到大山猫的巢穴，根据一些标志判断，大山猫在里面，然而它没敢闯进去就走了。

以后，母狼猎食时就躲开左边的支流，它知道大山猫的洞里有一窝小猫，也明白大山猫脾气凶恶，搏斗起来令人恐惧。几只狼可以毫无问题地将一只耸毛怒吼的大山猫赶上树，但如果一只狼单独迎战一只大山猫，结果将截然相反——尤其是大山猫背后有一窝小猫嗷嗷待哺的时候。

然而，"荒原"总是"荒原"，母性总是母性。无论在"荒原"与否，或是其他什么时候，母亲都是凶猛地保护后代的。到了必要的时候，为了它的灰仔，母狼就要去冒犯左边的支流、岩石间的巢穴和大山猫。

初 露 锋 芒

母亲开始出去猎食了，灰仔清清楚楚地明白：洞口是禁止接近的，这不仅因为母亲曾多次用鼻子和牙爪警示它，更因为它内心里的恐惧在加深。在短暂的穴居生活中，它还从未遇到任何可怕的事，然而恐惧却存在于它心灵深处，那是远古的祖先通过千千万万个生命遗传给它的，是它直接从父母身上继承的遗产，父母也是由过去的狼代代相传而继承到的。

恐惧！这是"荒原"的遗产，任何兽类都无处回避。

虽然不知道是什么东西构成了恐惧，但灰仔接受了恐惧。

也许，它是将恐惧作为生命的种种限制之一接受了下来，因为它已经知道有诸如此类的种种限制。它知道饥饿，在不能免于饥饿时感觉到限制。坚硬的洞壁的障碍，母亲剧烈的推搡和爪子的打击，几次饥荒造成的饥饿，都使它认识到，在这个世界上没有自由，法则限制和制约着生命，服从法则，就可以逃避伤害，获得幸福。

它并非如此像人似的进行推理，而只是将事物分成有害和无害两种，之后就避开有害的事，免受限制。它睡醒时也非常安静，极力控制着咆哮。

一次，清醒地躺着的时候，它听到光明的墙壁外发出一个陌生的声音。一只狼獾站在外面，一面为自己的大胆发抖，一面仔细嗅洞中的气息。狼仔并不知道，只听到陌生的吸鼻子声，那是未曾经它分类过的一种东西，也是可怕的和未知的。未知是恐惧的主要原因之一。

灰仔背上的毛悄悄地竖了起来。它为何一听到那陌生的声音就竖毛呢？这并非出于它的任何经验，而是内心恐惧的表现。那声音对于它来说，是不可理解的。然而，与恐惧共生的还有另一种本能——隐蔽。狼仔虽然极为害怕，但它躺着一动不动，一声不响，仿佛冻结或石化了似的。母亲回来时，嗅到了狼獾留下的气味，咆哮着跳进洞里，见洞里没有狼獾，便用过分的挚爱和热情舔它，哄它。灰仔感到，自己总算逃过一场劫难了。

然而，别的力量也在灰仔的内部发生着作用，其中最为强有力的是生长。生长就是生命。本能和法则要求它服从，而生长要求它反抗。母亲和恐惧强迫它远离那堵光明的墙壁，生命却注定了永远要接近光。随着吞食的每一口肉，吸入的每一口气而增长的生命的潮水，在它的体内汹涌澎湃，无法遏制。

终于有一天，生命的潮水冲走了恐惧与服从。灰仔大步爬到了入口的地方，那堵墙在它接近的时候仿佛后退了。那堵墙不同于它曾经接触过的其他墙面，它伸向前面试探的柔软的高鼻子并没有碰到坚硬的表面。那堵墙的材质似乎和光明同样柔软，可以穿越而畅行无阻。

在灰仔的眼中，那堵墙是一种有形的物体。于是它就走进曾经认为是墙的地方，全身嵌在墙里。

它穿越坚固的物体爬了过去，光线越发明亮，令它头晕眼花，莫名其妙。恐惧命令它退回去，但生长驱赶它向前进。猛然间，它发现自己已经身在洞口了。

它过去认为包围着自己的墙，忽然之间，从它的面前跳开了，退到了无边无际的地方。光线亮得令它痛苦，照得它眼花缭乱。它开始适应光明和距离变远了的对象。墙先是跳到了它的视野之外，现在它又看见了墙，但墙已经非常遥远，外观也变了，变成了由河边列队的树木、树木之上高耸的群山和蓝天组成的斑驳陆离的图画。

由于可怕的未知，它的内心又涌起一阵巨大的恐惧。它伏在洞边，盯着外面的世界，怕得要命，因为那既是未知的，又充满了敌意。由于稚气和惊恐，它背上的毛笔直地竖起，它软弱地扭动嘴，企图发出一声凶猛的吼叫，来向外面广大的世界示威、挑战和恫吓。

然而，什么事情也没有发生，它津津有味地望着，忘了吼叫，也忘了害怕。这时候，生长由于好奇出现了，而恐惧则被生长击溃了。它开始观察附近的东西：在阳光下闪闪发光的空旷河面，斜坡下被风摧残的松树，斜坡向它伸延过来，一直到它卧伏的洞下面半米的地方。

灰仔一直居住在平坦的地上，不知道什么是跌落，从未尝过跌跤造成的痛苦。它的后腿站在洞边，前腿勇敢地向空中抬了起来，头向下身体栽了下去。它的鼻子重重地蹭了一下土地，它疼得叫唤不止。之后，它沿着斜坡滚了下去，滚了又滚。

它恐惧到了极点。恐惧最终征服了它，粗暴地抓住它，给它造成了可怕的伤害。现在，生长被恐惧击溃了，它像任何一只受惊吓的兽崽一样，哇哇哭叫起来。

这种情形，与未知隐藏在附近，与在无声的恐惧中冻结似的匍匐着的时候不同。现在，未知紧紧抓住了它，它不知道未知会造成多大程度的伤痛，就哇哇哭叫不停。

斜坡越往下越平坦，脚下遍地是草。灰仔的滚动渐渐慢了下来，最终停止的时候，它痛苦地叫了一声，然后一阵长时间的哭泣。接着它好像生来已化过千百次妆一样，自然而然地舔掉了身体上的干泥巴。

灰仔冲破了世界的壁垒。未知松了手。它并没有受到伤害。

它坐起来环顾四周，仿佛是第一个踏上火星的人类。然而，第一个到达火星的人的心理体验还不如它。它没有任何预示，没有任何知识准备，一下子成了一个全新世界里的探险者。

现在，可怕的未知放掉了它，它忘了未知的可怕。它只是好奇周围的一切事情，它观察身体下面的草，不远处的蔓越橘，竖在树林中一块空地上的一株松树的枯干。一只松鼠绕过枯干的根向它跑了过来，它大吃一惊，畏惧地伏下身来叫了一声。但松鼠也同样怕得要死，它爬上树去，站在安全的地方恶狠狠地跟灰仔对骂。

灰仔壮了胆。尽管随后碰到的一只啄木鸟又让它吃了一惊，它却充满信心地前进着，以致一只加拿大鲣鸟莽撞地跳到它面前时，它竟然开玩笑似的伸出爪子打对方，结果鼻尖上挨了一啄，疼得它卧下来哇哇大叫，那鸟则被它的叫声吓得落荒而逃。

灰仔在学习，蒙昧无知的头脑已做了一种不自觉的分类：活的东西和不活的东西。不活的东西总是停止在一个地方；活的东西动来动去，难以预料它们会做出什么事，它必须注意活的东西，对因它们而发生的意外有所防备。

它非常笨拙地走着，遇到许多麻烦。一根枝条看起来距离很远，却会瞬间打中它的鼻子或擦过它的肋骨。地面凹凸不平，高一脚会碰了鼻子，低一脚会扭伤腿。有些小石头踩上去会栽倒。渐渐地，通过这些，它了解到不活动的东西并不像它的洞穴那样平坦，甚至不活动的小东西比大东西更容易让人跌倒。

然而，吃一堑，长一智。它走得越久就走得越好。它正在适应环境，在学习掌握自己的肌肉运动，了解自己体力的极限，估量物体与物体之间以及与自己之间的距离。

作为初出茅庐者，它的运气好极了！生为肉食兽，竟瞎猫撞上了死耗子，它无意中碰到了极巧妙地隐藏着的松鸡窝，并掉了进去。它本是尝试着在一棵倒了的松树树干上走，然而，它的体重压垮了腐朽的松树。它绝望地叫了一声就滚下斜坡，撞散了一小簇灌木丛的枝叶，落地的时候，它竟然在七只小松鸡中间。

灰仔吓了小松鸡们一跳，它们哗然。然后灰仔看见它们非常小，胆子就大了。它们动弹起来。灰仔用爪子碰碰其中一只小松鸡，小松鸡就动得更厉害了。灰仔感到很快乐，它嗅一嗅，用嘴将小松鸡叼起来。小松鸡挣扎着，灰仔的舌头痒了，同时感到很饿，就咬紧牙齿，小松鸡那脆弱的骨头粉碎了，热血冲进灰仔的口中。

味道好极了！这是食物，和母亲喂它的一样，不过这是活生生地咬在口中的，因此味道也就更好。灰仔吃起松鸡，直到吃完一窝才住嘴，随后，它像母亲一样舔舔嘴，爬出灌木丛。

一双羽翼旋风般愤怒地拍击，打得它头昏眼花，灰仔用爪子捧住脑袋，哀嚎不已。母松鸡怒火中烧，打击越加激烈。灰仔也发了怒，站起来，吼着，伸出爪子去打。

母松鸡用自由的翅膀雨点似的打击灰仔，灰仔用小牙齿咬住母松鸡的一只翅膀，顽强地拉扯。这是第一仗，灰仔非常得意，它无所畏惧，早将未知忘得干干净净了。它在战斗，在咬一个打击它的活东西，而且，这个活的东西是食物。它杀气顿起。它刚毁灭几个小的活东西，现在则要毁灭一个大的活东西。

它太幸福了，而且忙碌得竟然感觉不到幸福了。这种激动、兴奋，对于现在的它不仅新奇，而且变得空前强烈。它咬住那只翅膀不放，透过紧咬的牙缝咆哮。

当母松鸡想将它拖入灌木丛时，灰仔却把它拖到了空地上。它不停地大喊大叫，用翅膀拍击，羽毛下雪般纷纷飞扬。灰仔发作起来的那股劲真是惊人。种族遗传下来的全部战斗的血液，都在它体内汹涌着沸腾起来。

这就是生活。尽管灰仔并不知道，它正在实现自己活在世上的价值、意义，正在做自己与生俱来就应该做的事情——屠杀食物，并战斗着去屠杀。它在证明自己生存的合理性。

生命再做不出比这更伟大的事了，因为生命不遗余力地去做它该做的事，它登峰造极了。

过了些时候，母松鸡停止了挣扎。它们躺在地上，面面相觑。灰仔仍然咬住它的翅膀，试图发出凶猛的咆哮进行威胁。母松鸡啄灰仔的鼻子。这比先前所受的打击更为痛苦，灰仔退缩一步，但仍然咬住不放。母松鸡啄个不止。灰仔从退后变成哀哭，想躲避开，淡忘了它咬住母松鸡并将其往后拖这件事。

一阵雨点似的啄击，灰仔的鼻子吃尽了苦头，它内部的战斗热血退潮了，它放弃了猎物，掉过身慌忙逃到空地的对面，狼狈而去。

灰仔靠在灌木丛边卧下来休息，舌头伸了出来，胸部一起一伏的，鼻子仍然疼得让它哭叫不止。它卧在那里，然后，它觉得像要大难临头似的，这未知及其全部恐怖冲它而来。它刚出于本能地钻进灌木丛，一阵风就吹到了它的身上。一个长着翅膀的东西，悄无声息地掠了过去——一只鹰从天上冲下来，差一点儿抓了它去。

灰仔卧在灌木丛中，惊魂未定，它畏畏缩缩地向外面窥视时，空地另一面的母松鸡却拍打着翅膀从被践踏的窝里跳了出来，刚才的伤痛使它没有注意到从天而降的灾难，不过，灰仔看到了，而且它由此得到一个教训。老鹰急速向下俯冲，身体掠过地面，有力的爪子抓住了母松鸡，带着惊怵交加、叫个不停的母松鸡重新冲天而上。

过了很长时间，灰仔才走出灌木丛。它学习到了很多知识：活的东西是食物，非常好吃；但如果它们相当大，就会伤害自己，最好是吃像小松鸡那样小的活东西，放弃母松鸡一类的大的活东西。

不过，它有些野心勃勃，心里想再和母松鸡打斗一番。可惜，老鹰把它抓走了。也许，别处还有母松鸡。

灰仔走到河边。它从未见过水，水表面平坦，没有凹凸不平的地方，看上去很好走。于是，它勇敢地踩了上去，却立刻惊慌地叫喊着跌进了未知的怀里。

冰冷！它倒吸一口气，进入肺部的不是常常随着呼吸进去的空气，而是水，那种窒息，仿佛濒临死亡时的痛苦。这，对于它，就是死亡。它对死亡并没有自觉的认识，但它具有察觉死亡的本能，像"荒原"上的每一个动物一样。这对于灰仔来说，比任何伤害都要厉害。这是"未知"的本质，是"未知"的恐怖之和，是可能遇到的一种不可思议的最大的灾难。它对于死亡一无所知，却害怕与此有关的一切。

灰仔浮出水面。新鲜的空气就进入张着的口中。它不再下沉，就伸开腿开始游泳，好像它早有游泳的习惯，最近的河岸距离它不到一米，但灰仔背对着那边，看到的是河的对岸，于是它游了过去。

这是一条小河，中间足有六七米宽。灰仔游到中游，被河水冲向下游。一条细小的湍流卷住了它，平静的河水突然变成一片怒涛，这里，根本无法游泳，它时而在浪头下面，时而又在浪头上面，随着急速的水流，它被冲得团团打转，上下翻滚，有时被水冲得重重地碰在岩石上，每撞一次，它就哭叫一声。

全部的过程，简直是由一连串的哭喊组成的，这些哭喊声标志着它碰撞岩石的次数。

急流的下游，是一片河滩，灰仔被漩涡卷住，被轻轻地送上了河滩，送上了一张满是沙砾的床铺。它欣喜若狂，手忙脚乱地爬着离开了水，躺下来。它又增长了见识，水不是活的，但会流动；水看上去像土地一样坚实可靠，实际上根本不是那么回事。因此，物体并不像它们呈现出来的那样。灰仔对未知的恐惧是遗传下来的不信任，现在更有经验将其加以巩固了。从此以后，它要永远不信任事物的外表，除非弄清楚了它的实质。

这一天，灰仔注定了还有一次冒险。它想起了世界上还有母亲的存在，顿然感到需要母亲胜过需要世上的一切。它的身体由于历险而疲惫不堪，它的头脑同样也特别疲倦。有生以来，它还从来没像这一天这般辛苦过。它想睡觉，于是动身寻找自己的洞穴和母亲，它觉得心中有一种不可阻挡的难耐的寂寞和孤独。

灰仔在灌木丛间爬行，突然听到一个尖厉的示威声。黄光闪过它的眼前。一只鼬敏捷地跳走了。这是一个小东西，它不怕。接着，它又看见一个极小的活东西在脚下，只有几厘米长，是一只像它一样不服训诫出来冒险的小鼬。

　　小鼬想后退，灰仔用爪子打得它翻滚了一下，小鼬发出一种奇怪的呀呀声，黄光重新出现在灰仔眼前。灰仔再次听到示威声，同时，脖子上遭到严重一击，母鼬的尖牙扎进了它的肉里。

　　灰仔叽里呱啦乱叫着向后跌倒时，母鼬同小鼬一起消失在灌木丛里了。灰仔脖子上的伤口在疼，但受伤更为严重的是它的感情。灰仔坐在地上软弱地哭叫。这母鼬，这样小，竟然这么野蛮！

　　灰仔不知道，在"荒原"上，鼬是一切屠杀者中最凶狠、最具报复心和最为可怕的。不过，这很快就要成为灰仔知识的一部分。

　　灰仔仍在哭的时候，母鼬又出现了。现在，母鼬的孩子非常安全，母鼬并不攻击灰仔，而是谨慎地接近它，灰仔清楚看到了母鼬像蛇一样瘦削的躯体，它昂起的头也像蛇。母鼬尖锐的威胁声令它毛发耸立，它咆哮着发出警告。但母鼬越来越近，霎时间，那瘦削的黄身体闪出了它的视野外，而到了它的喉咙上，尖利的牙齿刺进了它的肉里。

　　灰仔开始想咆哮着战斗，但它太小，而且是第一天闯世界，它的怒吼变成了哭喊，战斗也变成了为逃跑进行的挣扎。母鼬却绝不放松，紧紧地咬住它的流涌着鲜血的大血管，拼命将牙刺进去。鼬是吸血鬼，向来最喜欢做的事情，就是从活生生的动物的喉咙里吸血。

如果不是母狼飞跃灌木丛飞奔而来，灰仔就要死掉了，它的故事就到此结束了。母鼬放了灰仔，去咬母狼的喉咙，没有咬着，但是咬住了下巴，母狼像挥鞭子一样，将头一甩就摆脱了母鼬，将它高高地抛向空中。当它还在空中时，母狼用嘴咬住了它那瘦削的黄身体。于是，在合拢的牙齿间，母鼬尝到了死亡的滋味。

灰仔重新得到了母亲的爱抚。母狼找到它的欢欣，比母狼被它找到的欢欣还要大。母狼用鼻子拱它，安慰它，舔它被母鼬咬伤的伤口。接着，母子俩将那吸血的家伙分食，就回到洞里睡觉去了。

弱 肉 强 食

自上一次冒险后，灰仔进步很快。它休息了两天，又出去冒险。这一次，它发现了上次那只小鼬。灰仔上次吃掉了小鼬的母亲，而这次，它竭尽全力吃掉了小鼬。这次短途旅行，它没迷路，累了就回到洞里睡觉。

自此之后，灰仔每天都出来，并且每天扩大狩猎的区域。

吃过些苦头之后，灰仔开始准确地分析自己的力量和弱点，开始明白，什么时候大胆，什么时候小心。不过，它发现，最好是时刻小心，除非在极个别的情形下，确信自己有胆量时，才能尽情地发泄自己的脾气和欲望。

它没遇到流浪的松鸡，心里总是有火。碰见那只在松树旁见过的松鼠，它总会恶狠狠地回骂。见到加拿大鲣鸟，它总是满腔怒气，它永远忘不了第一次相见时这家伙是如何啄它的鼻子的。

在灰仔感觉到其他潜藏的猎食者的威胁时，加拿大鲣鸟也影响不了它。它忘不了老鹰，老鹰移动的影子总是使它躲向最近的树丛里。它不再爬行，也不再大步行走，而是学母亲那样，偷偷摸摸的，并不费力，但速度很快，快得神不知鬼不觉的。

灰仔在猎食方面，一开始就运气不错，总计杀了七只小松鸡和一只小鼬。它的屠杀欲望与日俱增，它对那只松鼠如饥似渴，因为松鼠滔滔不绝地破口大骂，还向一切野生动物报告它到来的消息。然而，松鼠能爬树，只有当松鼠在地上时，灰仔才尝试着悄悄地爬过去。

灰仔非常尊敬母亲，母亲能搞到食物，并带给它一份。而且，母亲无所畏惧。灰仔并不知道这种无畏是基于经验和知识的。在它的印象中，无畏来源于力量。母亲就代表着力量。它更大些时，从母亲的严厉教训中感受到了这种力量，与此同时，母亲表示责备时也由用牙齿咬取代了用鼻子拱，所以，它尊敬母亲，母亲强迫它服从。然而，它越长大，母亲的脾气也越坏。

饥荒又来了。灰仔以比较清楚的意识再度领略到了饥饿之苦。为了寻找吃的，母狼把大部分时间花在猎食上。这次饥荒并没有持续很长时间，但却很严重。母亲的乳房里没有奶水，灰仔没有吃一口东西。

灰仔以前猎食，纯粹是游戏，只是为了取乐；现在，它极其认真地猎食，却一无所获。但失败加速着它的成长。灰仔更会动脑筋了，它更加仔细地研究松鼠的习惯，尽最大的努力悄悄接近对方，出其不意地吓唬对方。它研究鼹鼠，想把它们从洞穴中挖出来。对于加拿大鲣鸟和啄木鸟，灰仔也学到了许多。再后来，灰仔长得更加强壮、聪明和自信了，它毫不怕死，老鹰的影子也不能让它躲进灌木丛里了。它知道在蓝天上高飞的也是肉食，它急切地希望得到肉食，所以公然在空地上一坐，想吸引老鹰从天上下来。然而，老鹰拒绝下来，它只好失望地爬开，在树林里因为饥饿而饮泣。

母狼带回了食物，饥荒解决了，这食物不同于以往的东西，它没有吃过。这是一只大山猫的半大猫崽，没灰仔大，母狼已在别处填饱了饥肠，这全是给灰仔吃的。灰仔不知道填饱母亲肚子的就是大山猫窝里的其他小猫，也不知道母亲的行为是冒了多大的危险。灰仔只知道，长着天鹅绒般皮毛的小猫是食物，它一口一口地吃起来，越吃越高兴。

吃饱了容易犯困，灰仔躺在洞里，依偎着母亲睡着了。母亲的叫声惊醒了它。也许，这是母亲一生所有的叫声中最可怕的，它从来没听到过母亲如此可怕的叫声。母亲最清楚其中的原因，一只大山猫的窝被洗劫了，大山猫不可能善罢甘休。在午后阳光的充分照耀下，灰仔看到做母亲的大山猫正趴在洞口。立刻，灰仔背上的毛波浪般汹涌而起。

无需本能告诉它，它也知道，恐惧来了。入侵者怒叫——先是咆哮，突然变成沙哑的嘶叫。

事情再明显不过了。

灰仔感觉到生命在体内的刺激，就站起来用力地咆哮，但是母狼将它推到身后，不免让它感到耻辱。洞口进口的地方很矮，大山猫跳不进来，大山猫爬着冲进来的时候，母狼跳上去摁住了对方。灰仔看不到它们搏斗的情形，只听到令人恐怖的咆哮和尖叫。

两只母兽扭打在一处，大山猫爪子与牙齿并用，连撕带咬，母狼则只用牙齿。灰仔跳上去，咬住了大山猫的后腿，缠住不放，凶狠地吼叫。它并不是有意识地去做的，它不知道这种行为的后果，但它的体重却牵制住了那只腿，让母亲少受了许多伤害。战斗中，它们将灰仔压在身下，灰仔咬住的腿也挣脱了，接着，两个母亲分开了，它们重新打在一起前，大山猫一只巨大的前爪将灰仔的腿撕得露出了骨头，使它侧着的身体重重地撞在墙上，于是战斗的喧声中，又增加了灰仔因疼痛而吃惊的尖叫声。

战斗持续了很久，灰仔在哭够了以后，勇气再次爆发，它死死地咬住大山猫的一只后腿，怒吼着，一直坚持到战斗结束。

大山猫死了。

母狼非常虚弱，浑身不舒服。它开始还抚慰灰仔，舔它受伤的腿，但它失血很多，力气全无。它在死去的敌人身边，一动不动地躺了整整一天一夜，几乎停止呼吸。除了出去喝水，它没有离开过洞穴，即使出去，动作也是缓慢而痛苦的。最后，大山猫被吃完了，母狼的伤也康复了，它可以再出去猎食了。

灰仔的腿由于那下骇人的撕扯，疼痛僵硬，有一段时间里一直瘸着。但现在，它怀着一种与大山猫战斗之前所没有的更大的自信，勇武地向前走去。

它从更加凶猛的角度来看待生命了。它战斗过，将牙齿刺进敌人的肉里，自己却活了下来。因此，它更加勇敢起来，带着一种以前所没有的无所畏惧的派头。它的畏怯减少了很多，它不再害怕小东西，尽管未知还是永远不停地运用难以捉摸并且充满威胁的神秘和恐怖压迫它。

它开始陪母亲出去猎食，见识并且参与了许多次杀戮。按照它的模糊不清的方式，它了解到了食物的规律。有两种生命——它自己一种和另外一种。前者包括它自己和母亲，后者包括其他所有会动的动物。

在这种分类中，规律出现了。生命的目标是食物，而生命本身也是食物，生命因生命而生存，因此，有吃人者和被吃者。这法则就是：吃人或者被吃。灰仔并没有用明晰、确定的字词将这法则归纳成为公式，也没有去推导其中的道德意义，

甚至根本就没想到这条法则，它只是循此生活而已。

它看到，这条法则在它的周围无处不发挥着作用。它吃掉了小松鸡，老鹰吃掉了母松鸡，也可能会吃掉它。以后，它长大了，不可小觑的时候，它想吃掉老鹰。它吃掉了母大山猫的猫崽，母大山猫若不是被杀、被吃掉的话，就会吃掉它。

事情就是这样，一切活的东西，都在遵照这条法则。而它自己，也是实践这法则的一个成员。它是一个杀戮者，唯一的食物就是肉，活的肉在它面前，或迅速逃跑，或上树，或上天，或入地，或迎上来与它战斗，或反而追击它。

如果灰仔能够像人一样进行思考，它很可能会将生命简要地说成是一场大吃大嚼的宴饮，世界则是一个充满了无数会餐的地方。它们相互追逐和被追逐，猎取和被猎取，吃和被吃。一切都既盲目粗暴，又混乱无序，在机会的支配下，暴食与屠杀混成一团，没有情义，没有计划，也没有终结。

然而，灰仔并不是在像人一样思考。它一心一意，一个时候只抱有一种思想或欲望，并没有多么远大的目光。除了食物的规律之外，它还要学习和遵从其他的无数次要的规律。

世界到处都使它感到惊奇，体内生命的萌动，肌肉协调的行动，真是一种无穷无尽的幸福。它吞下食物时，就会体验到震颤和自豪。它的愤怒和战斗，就是最大的愉悦，而未知的神秘，恐惧本身，也与它的生活不可分割，如影随形。

吃饱了肚子或在阳光里懒洋洋地打瞌睡的时候，那是种舒适的表现。热情与勤苦本身就是一种酬劳，因为生命在自我表现时永远是快乐的。

灰仔与充满敌意的环境并没有冲突，它满足于这生活，快乐自得。

节选自《白牙》

姬旭升　译

最后一只雄鹰

老 臣

1

那只鹰在天空中飞来飞去。

没有云朵陪伴它，只有一个孤零零的太阳照着它。太阳在它的上方，鹰便成为一个黑影，薄得像一张纸，好像一阵风就能把它撕坏。

好在，没有风。

是初春。辽西山地间的白雪尚没有化净，背阴的陡坡上，斑斑雪迹不再洁白干净，而是变成了淡黄色，宛如一团团肮脏的棉絮。视野里没有树，连一棵小树都没有，只有一座座光秃秃的丘陵，绵延不尽，展现着山地的荒凉。

"它还活着！"少年叫了一声。

他不再注意自己的羊群，只顾看那只鹰。那只鹰是雄鹰，并且很老了。

它翅膀上的羽翎已没有光泽，显得陈旧肮脏；它尖锐的鹰喙和有力的铁爪虽然还是钢青色的，但是，已经不再闪光，仿佛蒙了层锈垢；它的叫声虽然还凄厉、嘹亮，但却是嘶哑的。不过，它的眼睛仍然明亮，闪耀着冷酷尖锐的锋芒。那是一双真正的雄鹰的眼睛。

它在羊群的上空盘旋，少年一下子就看见了那双眼睛。老鹰是从北方来的。少年知道，它宿在高丽王子山的一座百米高崖上，因为宿鹰，崖就叫鹰崖。原来，每天太阳一出，鹰的一家便会倾巢而出。鹰有三只，一对老鹰，一只雏鹰。开初是老鹰在前，雏鹰在后。在父母的引领下，雏鹰飞翔的速度越来越快，姿势越来越平稳，高翔或者俯冲都充满力度。可是，去年冬天一场大雪之后，鹰的一家便只剩下一老一小两只雄鹰。那阵儿，白茫茫的山地间，鹰鸣之声格外凄凉。如今，天上只剩下一只雄鹰了，一只年老的雄鹰。空荡荡的蓝天如一汪宁静的湖泊，老鹰便如一只老船，就那么孤单地在空旷的湖泊里漂着，漂着。

"它还活着！"少年身上的血热起来，他摇着鞭子向老鹰问好。鹰越飞越低，少年看见它的眼睛发出锐利的亮光。

"你好啊！"少年冲着天空喊叫。

"嘎——"老鹰似乎是在回应，也发出一声友好的叫声。就在这时，少年看见老鹰胸前的血迹，他耳边猛然轰鸣起那天的枪声来……

2

猎鹰人是骑着火红的摩托车来的。有两个人，都戴着亮闪闪的头盔，都背着亮闪闪的猎枪。飞转的车轮在颠簸的山地间撩起一路烟尘，径直开向少年伫立的山头。

"你好啊，小兄弟。"车在少年面前停下，坐在后座上的人招呼道。那人下来，摘下头盔，露出一张戴眼镜的脸来。但是少年没有理他，而是别过头去。

"啊，你放羊呢？"眼镜撩了一下额上的头发，想解除少年给予自己的尴尬。少年还是没有吭声，而是甩响皮鞭，把皮毛肮脏的羊群向阳坡上赶去。他不爱理陌生人。一年四季，到山地间找趣儿的人太多了，可他们都干了些什么？如今，山地间空空荡荡的，这片土地上，连兔子这样的野物都少见了。

眼镜并不在乎少年的态度，而是凑上前来，问："小兄弟，你看见过鹰吗？雄鹰，两只。"

"鹰？"少年警觉起来，扭头死死盯着眼镜的一张白脸。"是呀，鹰。我听说这地界有两只雄鹰。"眼镜说着，把枪拿到手中，做了一个射击的动作。

"你，要打鹰？"少年气呼呼地问。"我就是来打鹰的。"眼镜继续道，"我要用它们做一件艺术品，就是用鹰的尸体塑一尊鹰雕，参加省里的美展。"

这时，另一个人也走向了少年，不过，他没摘头盔，这使少年无法看清他的面孔。他咯咯地笑了起来，讥嘲道："画家，你别吹牛了，还参加省美展呢，屁吧！你是想用那只鹰给人上供。这年头送礼，送钱送物不好使，得送稀奇玩意，你就想出这招儿……"

"嘿嘿——"眼镜干笑两声，他并没有脸红，反倒因为自己的假话被揭穿，干脆不要脸了，故作亲热地道："小兄弟，你说大哥招法高不高？"

"呸！"少年瞪那两人一眼，转身就走。那两人在后面追着问："小兄弟，你别生气，这地界到底有没有鹰？"

"没有！"少年应道，他的心却提到喉咙口。他知道，此刻，那一老一小两只雄鹰已经从鹰崖起飞，冲上高高的天空，空气驮着它们，正慢慢地向这里移近。

太阳正提升自己的高度，雄鹰马上就要在视野中出现了！

少年向鹰飞来的方向轰赶羊群，鞭声叭叭响起，向雄鹰报警。

但是，已经来不及啦。那两个人从少年的举动看出了反常，抬头望向北方的天空，一下子就发现了两个黑影。他们骑上摩托，"嘟——"的一声向前冲去，赶到了少年的前面。后座上的眼镜还冲少年招了下手，道："小兄弟，你撒谎，你不诚实呀！"

"呸！"少年这下子骂得更狠，鞭子也甩得更响啦。两只鹰越飞越近，它们并不知道危险的来临。

山地间那会儿好空旷，好空旷。

3

雏鹰在前，老鹰在后。它们的身影已经很清晰。

雏鹰已经长大，翅膀打开，几乎和老鹰一般大。它羽毛干净而又新亮，钢青色的利爪寒光闪闪。"嘎——"一声锐叫，那么嘹亮，充满震慑的力量。假若草丛或沟坎下歇着什么鸟兽，是一定会被惊起的。

但是，山地那么空旷，没有狼、狐狸、獾子，甚至连山鸡都少见。除了几只山雀乱飞，再就是喳喳叫的喜鹊。雄鹰没有对手，很难体验到搏击的快感。

鹰是真正的百鸟之王。记得是去年夏天，少年的羊群惊起了一只灰色山兔。"嘎——"天空中一声鹰鸣，只见一个黑色的影子，闪电一样俯冲而下，山兔转眼间就给抓上了天空。

是那只雏鹰。

一只多么年轻、矫健、凶猛的鹰啊，刚和父母学会飞翔，就这么迅疾！

"嘎——"两只老鹰在天空中盘旋，扑打扑打翅膀，似乎在向雏鹰祝贺，也在向少年致谢。鹰和人相处得那么友好，它们在少年上空盘旋，并不去袭击羊群、捕捉柔弱的羔羊，哪怕它们正在忍受饥饿。它们接近羊群，是因为羊群能惊起隐伏的野物。

"嘎——"老鹰叫了一声，和母鹰一起护着雏鹰飞向北方，渐渐化成几粒黑点儿……

眼下，尽管少年的鞭声爆竹一样响，但是，一老一小两只雄鹰还是飞得很低。它们正在捕捉一只花尾巴喜鹊。

鹰是很少捕捉喜鹊的。但是，山中最大的飞鸟就是喜鹊，不捕捉它们，鹰用什么充饥呢？母鹰的身影在雪天里消失，不就是因为饥饿吗？

喜鹊似乎是擦着地皮飞窜，发出喳喳求救的鸣叫。老鹰突然发出两声大叫，雏鹰仿佛获得了力量，双翅扇动发出呼啦啦的风声，一下子把喜鹊抓在爪下，一片片鹊毛飘落下来。

但是，追逐让雏鹰接近了枪口。少年看见两个骑摩托的猎手正在向天空瞄准。

"啊——"少年发出一声惊叫，他听见砰的一声爆炸响，就在雏鹰抓起猎物飞往高空的时候，子弹尖叫着打穿了它的翅膀，顿时鲜血溅满了天空。喜鹊最先从鹰爪间掉落，接着，雏鹰也一头栽落下来。

"打中啦，打中啦！"两个戴头盔的人欢呼起来，一齐向鹰落的地方奔去。就在这时，天空中一声鹰鸣炸响："嘎——"老鹰如一道黑色电光，从两个人头顶掠过，不待雏鹰落地，就把它抱在怀中，双翅一扇，倏然射向高空。

"砰！""砰！"，又是两声枪响。少年看见老鹰颤抖了一下，往地上摔来。但它只是往下落了一截，就又向天空、向北方飞去，并渐渐化成蓝天中的一个黑点儿。两个猎手只捡到一只花喜鹊。它的头已经给啄碎了，羽毛杂乱而又肮脏。他们悻悻地望着鹰消失的方向，跨上摩托车往回骑。到了少年身边，他们把死鹊丢在他的脚下。少年一脚给踢得远远的。

"喂，小兄弟，那两只鹰都给我们打中啦！"眼镜说，那口气有得意，也有遗憾。

"哼！"少年别过头去。

"你若捡到死鹰，给我留着，我花 100 块钱买。"眼镜说着，从衣袋中摸出一张纸币，弹出"嗒儿"的一响。

"哼！"少年照旧不理他们。

"这小子，脾气还挺倔。你别充大个儿啦！有了钱才有一切，兄弟，拜拜了。"眼镜一招手，摩托车放个屁，嘟的一声向山下蹿去。

少年的脸涨得通红。望着空荡荡的天空，耳边回响着摩托车的屁响，他忽然觉得很委屈。那情绪，就像前年秋天，县一中的录取通知发下来，却没钱去就读一样。他真想大叫几声。

4

孤独的老鹰在羊群的上空盘旋。

它似乎更老了，翅膀打开，一动不动，任气流驮着飘。它不去看天，不去看地，只在空中一圈又一圈地兜风。自从雏鹰被击中，六天了，这是它第一次飞临这片山地。

"嘎——"一声凄厉的鸣叫，是呐喊，还是哀叹？少年是第二次听见它这样叫。

这样的叫声，上一次是在冬天，连续刮了几天南风，阳坡上的白雪渐渐融化，沟谷里浅浅细细地流淌着融雪的水声。老鹰领着雏鹰在空中飞，雪地上移动着它们黑色的影子，一老一小的叫声也是如此凄凉。它们是在诉说，还是在怀念呢？

老鹰一定又饥又渴，少年想。他不管牧草是薄是厚，只管轰赶羊群，他想，若能惊起一两只野兔该有多好，老鹰不就可以在捕猎的追逐中减少一点痛苦了吗？羊群在山山岭岭间游动。老鹰似乎领会了少年的好意，跟着羊群盘旋，不时发出嘎嘎的叫声。

但是，并没有肥硕的野兔从草丛中惊跃而出，只是到傍晌的时候，羊群炸了，一只灰鸟差点儿给羊蹄子踩住。咕咕咕，一串惊恐的叫声，灰鸟惊蹿上天空。

"嘎——"老鹰振奋起来，扇动双翅，向惊慌的灰鸟扑去。它的速度那么快，少年尚没有看清，灰鸟已被抓在一双利爪之下。

扑棱几下翅膀，老鹰在羊群上空低低地兜了一圈儿，振翅向鹰崖的方向飞去。

"它还是那只雄鹰。"少年赞叹了一句。

5

山地间铺绿啦。

绿色先是在远方铺开来的，山地间的陈雪已经化净。关东的风没日没夜地刮，天空黄浊浊的，到处迷漫着风沙，打得人睁不开眼睛。羊儿们开始不好好吃草，望着远天远地咩咩叫，草色遥看近却无，因此，诱惑得它们整天疯跑着去追赶那梦一样的绿色。

老鹰每天都跟随着羊群。若是陌生人撞见少年、老鹰、羊群，也许会以为老鹰是一只家鹰。但是，很少有野兔或者野鸡给羊群惊动，没办法，老鹰只能常常偷袭宿在村庄附近的喜鹊充饥。

本来一切都平平静静的。那天黄昏，老鹰照旧随着羊群挨近村庄。可是，村头老柳上的喜鹊突然喳喳叫了起来，好像得到口令，无数只喜鹊从高压电线杆上，从杨树、榆树的梢头云集而来。它们在柳树枝头叽叽喳喳吵了一会儿，全部起飞，向空中盘旋的老鹰冲去。

老鹰早就发现了喜鹊群，但它并没有躲避，而是照样不慌不忙地盘旋，一副冷漠傲然的样子。少年却着急起来，他叭叭甩着鞭子，向老鹰示警。突然，老鹰在空中定住，一动不动，仿佛一枚镶在天壁上的徽章。那会儿，夕阳仿佛也凝固了，不肯沉下山去。喜鹊群接近了老鹰。它们两个一组，从几个方向向老鹰扑去，发出恐吓的叫声。但是，老鹰仍然一动不动。

喜鹊们近了，近了，有两只已从鹰翅下冲上去，显然是要攻击老鹰膀根儿的软肉。少年发出了一声惊叫。就在这时，老鹰陡然发出一声鸣叫："嘎——"它扇动翅膀，冲在最前面的那只喜鹊给粗硬的鹰翎击中，一头栽了下来。另一只扭头要逃，但是，已经来不及了，老鹰拍翅一跃，就把它抓在爪下。老鹰并不恋战，挟着俘虏，倏然射向高空。

夕阳把它的翅膀染得红红的，溶入燃烧的霞光中。

喜鹊群早已惊慌逃窜。

6

太阳黄黄的，好像一颗被风迷肿了的眼珠。春风吹着，尘沙扬着，阳光懒散散的，没有热情。少年把羊群赶上山坡的时候，他发现丘陵间落满了花喜鹊。就在这时，北方，那只老鹰孤独的身影也出现了。

老鹰飞近的时候，"喳——"一声尖锐的鹊叫，天空立刻让花白的翅膀遮满，好像一片乌云。少年听见翅膀掠响的风声，向老鹰席卷而去。

"快逃呀，快逃！"少年冲老鹰喊。

可是，老鹰不但没逃，反而猛扇双翅，向黑压压的鹊群冲来。天空中，立刻展开一场血腥的搏杀。

开始，老鹰占了上风，它钢铁般的尖喙和利爪很快击落两只喜鹊，血淋淋的尸体从空中摔下，使鹊群暂时慌乱起来。但是很快老鹰就被围在核心，喜鹊们从四面八方扑向它。从上方俯冲而下的，去啄它的脊梁；从下方蹿上来的，去啄它的膀根儿。老鹰被上下夹击，并无畏惧，不时有血淋淋的鹊尸从空中栽落。黄风之中，无数片羽毛乱飞。

"嘎——"老鹰不时发出嘶哑、威严的鸣叫。

"喳，喳！"喜鹊们同样锐叫着，向老鹰轮番攻击。

山坡上的羊群停止吃草，聚成一个团，惊恐地望着天空。少年也呆呆地望着被鸟翅划烂的天空。老鹰突然摆脱包围，奋力向高空升去。一只喜鹊紧紧追击，一头扎向老鹰的膀根儿。

就在它挨近的刹那，老鹰利爪一挥，就抓碎了它的脑袋。随后，老鹰调过头来，居高临下，俯冲向鹊群。喜鹊们吓得纷纷逃窜，天空中便飘下一场羽毛的雪来。

但是，老鹰这一次的撞击代价太大，虽然快刀一样的翅膀斩落了几只喜鹊，但它自己也一头向地上撞来。可它毕竟是一只久经搏杀的雄鹰！就在少年发出叫声的时候，几乎撞在地上的老鹰又跃身而起，斜飞向北方的天空。鹊群追了一会儿，哪里还赶得上呢，只得狼狈不堪地返回。

这一场搏杀，山地间多了十几只喜鹊的尸体。

7

一场鹰与鹊的搏杀就这样拉开了序幕。

一连三天，老鹰总是按时从北方飞来，不慌不忙，一副百鸟之王的风度。但是，它已经伤痕累累了。少年看到，尽管它努力保持着身体的平衡，但动作仍然有些不稳。

喜鹊似乎杀不尽，斩不绝，尽管每天都有十几只从天空中栽落，却仍越来越多。苍茫的天空上，它们花白的翅膀翻卷成乌云。

老鹰呢，虽然越战越勇，却明显体力不支，它毕竟老了。假如母鹰尚在，假如可恶的猎人不射杀那只年轻的雄鹰，老鹰该会怎样地迎接挑战啊！如今，它只能以一双翅膀的力量去迎战一个庞大的群体。少年第一次感到震撼。

最后一天的肉搏尤其悲壮。太阳升起一竿子高的时候，饱食鹊肉的老鹰按时飞来了。它似乎飞来就不想回去，尽管已遍体鳞伤，却异常凶猛地扑入鹊群之中，只顾搏杀，根本不准备突围。一只又一只血肉模糊的鹊尸从天空跌落，喜鹊们仍把老鹰围在核心，搅作一团。少年站在岭上，已看不清哪是鹰翎，哪是鹊羽，只见无数片羽毛纷纷落下。

喜鹊们占了上风。一片带血的粗硬鹰翎随风飘落在少年脚下，那是它拨动空气和风雨的桨叶啊，少年的心提了起来。最惊心动魄的一幕就在这时发生了。

"嘎——"天空中一声凄厉的鹰鸣，又有几只喜鹊歪歪斜斜地栽落，有一只被撕成两半，空中坠下的是两只血淋淋的翅膀。

老鹰从鹊群中挣出，一直冲向高空，变得越来越小，越来越小，小成一粒黑点儿。

"嘎——"高空传来的鹰鸣悠远而又苍茫。

黑压压的鹊群也在提升自己的高度，但强烈的气流使它们短小的身体无法达到老鹰的高度。老鹰在空中定住，似乎是在瞭望远天远地。它就那么静止了一会儿，突然向大地扑来。它的影子越来越大，越来越大，少年看清了它血淋淋的翅膀，钢劲的利爪，血红的眼睛。它没有扑向惊恐的喜鹊，而是一头撞向山巅上的一块花岗岩。

"嘎——"少年听见了最后一声鹰鸣，是那样嘹亮，又那样悲壮！

昨 夜 的 风

　　林地中长久的沉寂像春日河面上迟迟不愿融化的最后一块浮冰，被孤独的枪声敲碎了。

　　连格利什克也感觉这枪声震得他头皮发麻。

　　起初，带着哨音的尖厉枪声在寂静的山林之中，越传越远，像一头看不见的猛兽，轰轰作响地一路回荡着飘向远山。一群在山谷松林中栖息的乌鸦被惊起，不安地怪叫着升上天空。

　　格利什克几乎目睹了那颗大口径铅弹——打破寂静的始作俑者——的飞行轨迹，不过，那颗子弹似乎省略了飞行的过程，在枪声响起的同时，他就看到一朵小小的黑色花蕊在它粗壮发亮的脖颈上绽开了。

　　它像一座巨大土堆，在漫天而来的洪水冲击之下轰然坍塌，将溪水砸得四散飞溅。

　　格利什克端着枪保持着射击的姿势，一直注视着它倒下的地方，那隆起的宽厚脊背并没有再次拱起。

一直在他身边焦急地伺机而动的秃尾猎犬一跃而起，冲了出去。

他松了一口气，将一直顶在肩上的枪放下，坐了下来，伸直双腿，让一直半蹲半立着的血脉不畅的腿放松一下。然后从口袋里取出桦皮盒，捏出一撮口烟①，放入嘴里，一缕辛辣悠然从舌尖升起，直抵眉心，格利什克惬意地闭上了眼睛。

有时候，生命的终结总是缓慢而痛苦的。不过，当他拎着枪走到溪边时，一切已经结束了。

它已经停止了呼吸，侧躺在小溪里，像一座突兀的小小的岛屿。秃尾猎犬仍然疯狂地在它的身上撕扯着。

这是一头成年的母犴②。

格利什克吆喝一声，秃尾猎犬从极度亢奋的状态中有些不舍地抬起沾着血的头脸，站在溪水中喘着粗气。

尽管格利什克费了好大的力气，秃尾猎犬也在他的身边帮忙，他却仍然无法将这头巨兽拖到岸上，最终只能将它的头搁在溪边，切开放血。

那窸窸的细微声响就从他的背后传来，格利什克几乎是条

---

①烟叶揉成粉末，再加入草木灰（木炭灰）加水或酒搅拌而成，一般装入桦皮盒中携带。使用口烟是鄂温克人的特有习惯，在森林中利于防火。

②驼鹿。

件反射地猛地拎起身边的枪，端枪、转身、瞄准，一连串的动作花费了不到一秒钟的时间。刚刚捕获猎物的时候往往是最危险的时刻，猎物的血腥气味会吸引来熊之类的猛兽。

在枪的准星里，有一红色的小动物瑟缩着站在茂密的灌木丛间。

格利什克慢慢地放下了枪。

是一头狍崽，此时正战战兢兢地从溪岸边的一蓬灌木丛中露出头。它的毛色竟然是火红的，像秋天落叶松的颜色，恐怕只有一个多月大吧。

它瞪着一双黑葡萄般圆润、闪亮的眼睛注视着眼前的一切。它显然还不理解刚才发生的事，那一声惊天动地的枪响把它吓坏了，当母狍倒下来时，它因为失去依靠而不知所措，慌乱中躲进了灌木丛里。

秃尾猎犬此时似乎才醒悟过来，为自己在忙乱中的渎职而惭愧不已，它恼羞成怒，咆哮着向这头幼弱的小兽冲了过去。

在格利什克的大声制止下，秃尾猎犬没有将这头小兽扑倒咬断喉咙，只是在它的身边盘旋着，不时发出低沉的咆哮。

它被吓坏了，此时灌木丛已经不起任何作用，它跌跌撞撞地跑到格利什克的身边，躲在他的两腿之间。

格利什克呵斥着猎犬，一时不知如何是好。但这头毛茸茸的红色小兽竟然在不经意间找到了他的手，将他的手指含在唇间轻轻吮吸，细软的舌头像温暖的水流抚弄着格利什克粗糙的手指。

最开始，格利什克并不知道应该如何安置这头柔软的小兽。它就那样傻乎乎地跟着他回到了营地，笃定地相信母狍的魂魄就附在这个干瘪的老头身上。当格利什克钻进帐篷时，它竟然也跟着走了进去。

也许是因为太累了，一天之中它经历了太多的事情，它几乎刚刚走进帐篷，就趴在帐篷一角的地面上。直到此时，它才为莫名其妙地走进人类的帐篷而感到些许的惊恐，作为野生动物进入一个狭小的空间时应有的惶恐不安在它的身上只表现为一种无知的好奇，当然还有帐篷中间铁皮炉子打开的炉门中那闪耀的火，野生动物避而远之的火。但疲劳战胜了恐惧，事实上在此时它也确实认为这里是安全的地方。在帐篷的一角，它缩成了小小的一团——小得不可思议，将头埋入肚腹下面，沉沉地睡去了。

格利什克放好枪之后，才开始注意卧在帐篷一角的这个小东西。

格利什克第一次打到狍时仅仅只有十三岁，用的是一支几乎和他一样高的苏式步枪。后来，他猎到过很多狍，多得他都记不住有多少了，但是捕到小狍还是第一次。

他蹲在小狍面前。这火红色的毛茸茸的一团，在从帐篷外透进来的阳光下闪烁着一种闪亮的光泽，像夏日傍晚的霞光，或是秋日里的满山红叶。它在安静地酣睡，它的身体那么轻小，那么单薄。

这时他才发现，小狍蹄子的底部竟然是鼓起的，他好奇地伸出手轻轻摸了摸几乎还是粉红色的小蹄子。噢，那蹄子还是软的，像煮熟的栗子，轻轻捏时竟然还凹陷下去。格利什克像是怕碰碎了名贵的瓷器一样收回了自己的手。

小狍被格利什克的这个动作惊醒了，它慢慢地抬起了头，那眼睛黑极了，像清澈的泉水，因为面对未知世界的不知所措而更显得楚楚可怜。

它似乎忘记了自己是怎样来到这个陌生的地方的，一瞬间的惊诧后，它竟然想要挣扎着站起来。但是，它看到了格利什克，于是安静下来，小头探了过来，像是打招呼一样伸出柔软的舌头再次寻找着格利什克的手，吮吸着格利什克的手指。随后，小狍将头缩到腹下，轻轻颤抖着，像是要寻找到一个合适的姿势，又睡着了。

小狍睡得太熟了，不知道秃尾猎犬不时在帐篷的门外窥视，露出凶狠的目光，发出威胁的咆哮。但是，秃尾猎犬被格利什克一次又一次地喝退了。秃尾猎犬并没有做错什么，这是它的本能，从它第一次走进林地开始同猎人一起狩猎起，自己一生的命运就已经注定了。它要去追捕那些野兽，扑到它们身上，咬住它们的后腿，如果可能最好咬断它们的蹄筋，它甚至在过早结束冬眠的熊来袭击营地时勇敢地迎上去周旋，冲着熊吐唾沫，扑到熊的背上，直到猎人开枪将熊打倒。

夜晚，格利什克睡得很沉。

也不知睡了多久，突然响起什么东西倾倒的巨大声响。他惊醒了，伸手从床边拎起了枪，但是他很快意识到，声音是从帐篷里发出来的，现实是梦的延续。在山地行走了一天的脚仍然酸痛不已，四肢也酸痛。当他确定那声音并非来自偷袭营地的熊时，他呻吟着点燃了蜡烛。

橘色的温暖光线悄然在昏暗的帐篷里亮起，在这如同梦境延续的世界里，一头小兽，像一个在丛林之中迷路的小精灵，局促不安地望着刚刚点燃的发出柔和光亮的蜡烛，它那长得不成比例的四腿轻轻地颤抖着，目光中竟然流露出些许湿润的水色。

小狍正站在火炉边不安地望着他，表情竟然像极了第一次进山时做错了事的孩子，在它的蹄边，是打翻的饭锅。在结束了对于烛光应有的好奇之后，食物吸引了它的注意力，它低着头嗅闻着地上散落的米饭，却还不知道怎样进食。米饭的气味在吸引着它，但是它似乎还没有学会怎样舔食，不知道应该如何将这些散落的食物弄进嘴里，它的嘴唇现在唯一会做的动作只有吸吮。

"饿了？"在说出来之后格利什克才意识到自己说话了。在营地里，格利什克几乎不说话，不是不想说，而是没有机会。在这深山之中的营地里，只有他独自一人照管着上百头驯鹿①。

人类的声音，这也许是小犴第一次听到人类的语言。陌生的声音，陌生的环境，它不安地侧着耳朵，似乎是想听得更清楚一点儿，这是一种标志性的记忆，从此它将牢记这个人类的声音。

无论它是否愿意，它已经从此进入人类的世界。

格利什克找到装在瓶子里的驯鹿奶，这些鹿奶他挤得很少，只是为了煮茶时配茶。因为是头一天挤的，驯鹿奶已经有些半凝固了，他用手指挑出一块，轻声地呼唤着它。它还没有属于自己的名字，如果一直跟随着母犴生活在丛林里，那么它并不需要一个名字，它就是犴，像所有的犴一样。但它

---

①鹿中唯一雌雄均生角的一种。分布于中国内蒙古和黑龙江北部，以及亚洲北部、欧洲北部和北美北部等地。

现在走进了人类的世界，它就要有一个名字，让人类在召唤它的时候使用。

格利什克就叫它小犸。

这是它熟悉的奶的气味，尽管与母犸奶汁的那种香醇的气息略有不同，但在此时，这气味却显得如此诱人。它慢慢地走了过来，伸出舌头，舔舐，吸吮，总之就是尽可能多地将这些香浓的奶吞咽进肚腹之中。它微微地闭着眼睛，用舌头去感知一切——这根苍老的手指的轮廓，这根苍老的手指正在充当着乳头的作用，这根手指可以提供给它美味的奶。

很快，一瓶驯鹿奶就被小犸吃光了，当格利什克收回被它舔得干干净净的手时，小犸抬起了头——它还没有吃饱。但是食物显然没有了，这是小犸以前从来没有遇过的事，在母犸的腹下它总是可以随心所欲地吃得肚皮溜圆，母犸的乳汁，是永远不会枯竭的。

天已经黑了，格利什克没有办法

再去帐篷外面挤鹿奶给它。

整整一夜，饥饿的肚腹得不到满足的小狳一刻也不安歇，它不停地在帐篷里转着圈子，一切东西都引起它强烈的好奇心。食物架子太高，所有的器皿它都碰不到，但那气味吸引着它。在黑暗中它终于拱倒了架子，瓶瓶罐罐咣咣当当地滚了一地。但闯了这个大祸之后它并没有安静下来，它只是跌跌撞撞地闪到一边。在烛光下，它目不转睛地注视着这些发出响亮声音的大大小小的锅碗瓢盆，在自然界里是听不到这些金属的碰撞声的。

格利什克只是象征性地呵斥了一声，又迷迷糊糊地睡着了，他实在太累了。没睡一会儿，他就听到打喷嚏的声音，莫名其妙，难道连狳也会打喷嚏不成？这种事格利什克可是从来也没有听说过。他摸黑找到火柴，擦亮了火柴点着了蜡烛，展现在他面前的是刚刚被飓风洗劫过般一片狼藉的场面，面粉袋已经被拱开，面粉撒了一地，而站在帐篷中间的小狳抬起头时，呈现在格利什克面前的是一张被面粉染白了的无辜的小脸。

总之，这一夜，在林地里奔波了一天疲惫不堪的格利什克没有机会好好休息一下。小狳没有一刻安宁，不是踏翻了水桶，就是屁股一不小心贴在炉子上被火烤着，帐篷里弥漫着一股皮毛烧焦的怪味。

最后，当小狞一脚踢翻了格利什克的酒桶之后，他被折腾得实在没有办法，终于找了一根绳子，拴在它的脖子上，将它拴在帐篷一角的帐篷支架上，然后熄灯睡觉。他不能冒险将它拴在帐篷外面，他可不敢保证仍然相信它是来自荒野中的生命的秃尾猎犬不会毫不犹豫地咬碎它的肋骨，掏出它温暖的内脏来。

这个世界终于安静了，但格利什克刚刚合上眼睛没有多久，就感觉头顶的帐篷在晃动。格利什克糊涂了，傍晚天幕上布满红色的积云，而此时透过帐篷的窗子也可以看到沉静的天空中压得低低的满天星斗，这是个清朗的夜晚，也没有听到松涛声，怎么帐篷会被风吹得摇晃起来？

已经整整两天未睡觉的格利什克再次划着火柴点着了一夜之中被不断地点燃又熄灭的蜡烛。

正如格利什克所预料的，果然又是这个小东西。此时小狞正用尽全力抻紧了绳子，像一头耕地的牛，通红的眼睛瞪得老大，满是血丝，脖子上绷起粗壮的血管，而绳子已经紧紧地勒进了它脖颈松软的皮下。它正不顾一切地想要拉断套在它脖子上的绳子，涎水正顺着嘴角滴滴答答地垂落下来，沉重的帐篷竟然被这小东西抻得轻轻摇撼，它的力量真是大得惊人。它要挣脱这套在脖子上的束缚。

格利什克顾不得欣赏小犴惊人的力量，再不解开绳子，恐怕它就要被勒死了。真是认死理的东西，格利什克轻轻地咒骂着它。

但是小犴抻得太紧了，格利什克的手指竟然无法探进绳索的缝隙里。而小犴似乎已经在拼尽最后的力气，绳子绷得像棍子一样笔直。

情急之下，格利什克只好抽出枕下的猎刀。绳子绷得太紧了，猎刀刚刚切上去就断开了，小犴也一头扎在帐篷壁上，还好帆布的帐篷并没有对它造成什么伤害。它站稳之后，用尽全力地吸了一口气，吸得那么深，随后喘气，又狠狠地吸了一口气，以至于格利什克感觉它已经吸尽了这帐篷里所有的空气，他周围的空间已成为真空的了。

还好，经历几次大起大落的喘息之后，它终于恢复了正常。尽管只是一头小犴，但它却不能容忍绳子系在它的脖颈上，当然，这是命里注定的，从此之后，这自由而高贵的脖颈再没有绳子系在上面。

它是犴，不是驯鹿。

此时天色将明，天际已经浮出淡淡的青色，宛如冬日的冰河。

小狩终于安静下来，重新蜷缩在床边睡着了，格利什克太累了，头一挨到枕头也睡着了。

格利什克醒来时天已经大亮了，温暖的阳光从窗子里照射进来，炉火早已熄灭，但他身上被阳光晒得很暖和。

他感觉指尖发凉，转头看时，在早晨的阳光下更红得耀眼的小兽，正一本正经地低头吮吸着他的指尖，感觉到他醒来，它停下了动作，抬起头，略显不安地看着他。

应该起床了，烧起炉火，煮茶，当然先要出去挤一些驯鹿奶。

格利什克长年累月独守在这远离人烟的山中营地里。每隔一两个月，总会有人上山，送来米、面和盐等一些生活必需品，偶尔，也会带来装在白色塑料桶里的劣质白酒。

格利什克已经不记得自己第一次喝酒是什么时候了，从那次以后，酒就像一个妖怪，只要一出现在营地里，带给他的就是数日的沉醉。每次，他总是饮进大量的白酒，酒精以惊人的速度在他的胃里燃烧，最后几乎将他的整个躯体化为灰烬，他被酒的烈焰淹没，于是终于可以忘记山上的营地和驯鹿，还有没完没了地放倒枯树锯桦子①和在几乎没有一处平地的布满塔头墩子②的山地间寻找走失的驯鹿。在那一刻，他似乎终于可

①北方劈成两半的圆木，冬季的燃柴。
②即无水湿地，是原始生态环境的标志景观。

以休息了，并得到短暂的解脱。这种沉醉几乎是整整一个星期的，略微有所清醒，再喝下去大杯的酒，于是那行将熄灭的火焰又燃烧起来。直到整整一周之后，一直沉浸在荒原般昏沉中的老人终于慢慢地苏醒过来，挣扎着到泉水边去打水时在水面上看到的是一张仿佛被遗弃的营地一样颓败的脸。

格利什克打水回到营地烧水喝茶，又喝了新鲜的驯鹿奶，然后是数日未进食之后枯瘦的胃对食物的刺激产生的应激性反应——持续地呕吐，直到吐出绿色的胆汁。

不过，也许这只是林地生活的一部分，当格利什克喝下的驯鹿奶终于在胃里安歇下来的时候，一切又重新开始了，似乎什么也没有发生过。

在营地里每天还是只有格利什克和那些驯鹿，当然还有那条如影随形的秃尾猎犬。除了劈桦子，格利什克就是走进林地深处，去寻找那些走得离营地越来越远的驯鹿。

小犴的突然出现让格利什克平静的生活略有改变。它的成长出乎格利什克的意料，几乎在转瞬之间，它就已经不再需要格利什克为它饲喂新鲜的驯鹿奶了，它对所有的食物都表现出一种旺盛而浓厚的兴趣。

噢，格利什克不得不慨叹它那生就一副永不知饱的可怕肚囊。在它的世界里似乎只有食物，食物就是一切，一切的一切。当然还有格利什克，格利什克，这个头发斑白的林地老人，就是它食物的源泉。列巴①、水饭、青菜、萝卜，甚至肉，它都来者不拒，它似乎永远饥饿，无论它怎样努力，都无法填满自己的胃，那是一个无底的深渊。

当然，营地里并不缺少食物。有时，格利什克几乎是在一种好奇心的驱使下试图了解它的胃到底有多大的承受能力。他试着让它吃饱，但是他失望了，或者说他没有勇气注视着那些数量惊人的食物以同样惊人的速度在他的眼前消失。格利什克坚信，只要他不断地取出食物，小狔的嘴就永远不会停下来，它会一直吃下去，吃到地老天荒，吃光营地里所有的存粮。格利什克在惊诧小狔的食量时恍然感觉它正吃光一切，甚至整顶帐篷都在被它慢慢地吞噬。当然，最后，看到小狔像被吹胀的气球一样一点点地鼓起来的肚腹上面绷起清晰的血管，他就没有勇气再让它吃下去了。他更加相信，如果不阻止这头饕餮小兽，就是撑爆了肚子它也不会停下来的。在它痴迷地进食的时候，除了眼前的食物，它什么也看不见，它似乎也不是为了品尝食物的味道，好像仅仅就是为了将它们吞进肚子里，只有让视线里出现的所有食物在胃里安置下来它才感到安心。

当面前的食物全部消失时，它终于抬起头，看着面前的

---

① 一种俄式面包。

格利什克，它终于从咀嚼回到现实的世界之中。噢，食物，食物，哪里去了。它那楚楚可怜的表情是在向格利什克询问。

不能再喂了！格利什克终于打消了想看看这头小兽肚量的想法。

寂静的世界

在秋日早晨透明闪亮的阳光下，小�站在营地前的空地上，摇晃着与它的身体不成比例、有些过大的脑袋——这个器官也许吸收了过多的营养，似乎还没有弄清楚这一天应该如何开始。

一根细小的枝杈凌空飞下，落在不远处的草地上，发出细若游丝的声响。

它惊讶地抬起头，恰好看到这林地世界中堪为寻常却又是惊心动魄的一幕。

一只失魂落魄的灰鼠子①弓起像弹簧一样柔韧的背，顺着一棵高大的落叶松光滑的树干，绕着圈子发了疯一样地向上狂蹿。而在它的后面，一只毛色斑斓的游隼②正在施展它那惊人

---

①即普通松鼠。
②中型猛兽，分布甚广，几乎遍布于世界各地。

的飞行绝技，竟然也随着灰鼠子一起绕着圈子。这种以高速飞行著称的猛禽利用流畅如尖梭般的翅膀和细长的尾巴在茂密的枝杈缝隙间穿梭自如，游刃有余，它高频率地拍打着翅膀，在毛茸茸的灰鼠子后面紧紧跟随。在鸟类里恐怕也就只有游隼能够以这样花哨的飞行方式捕猎了，而像鹰和雕之类的大型猛禽无论如何是不敢在这样的环境里捕猎的，它们力量有余而灵敏不足，稍不小心就会在繁密的枝干间撞断了脖子。

这是林地世界中常见的一幕，灰鼠子必须比游隼跑得更快，才能继续在这个林地里生存下去，而游隼也正试着飞得比灰鼠子更快，从而获得今天的第一份食物，填饱空瘪的嗉囊。这就是林地的生存法则。

正在此时，仰着头看得发呆的小猞听到帐篷那边格利什克的轻声呼唤。自从进入这个山间营地以来，它已经将这种呼唤与食物联系在一起了。它顿时对眼前树上正在上演的生死追逐失去了兴趣，撒开已经变得坚硬结实的四蹄奔向了正冒着炊烟的帐篷，那里是温暖和食物的代名词。

那个早晨，小猞除了一口气吃光了一锅大米粥，还吞掉了两块大号的列巴。饱食之后它卧在帐篷前面晒太阳，肚子膨胀得像鼓一样。怎么说呢，那样子像极了一只腿细肚大的慵懒蜘蛛。

就这样，小狳在山中的营地里度过了一个又一个喝光了一锅大米粥的早晨，一个又一个无所事事的白天，一个又一个被帐篷的炉火温暖的夜晚。

在习惯了营地之后，正在慢慢长大的小狳开始跟随着驯鹿群外出，走向更远的地方。

从体形上看，它确实是与这些驯鹿同科的动物。

很长一段时间里，它一直以为自己就是一头驯鹿，与它们没有什么不同，童年那仅有的与母狳一起生活的短暂记忆已经随着时间的推移消失殆尽。

每天，小狳跟随着驯鹿群一起离开营地，走向密林深处。当这些野性已经泯灭的驯鹿低下头灵巧地蠕动着嘴唇寻找地上的石蕊和地衣时，跟随在它们身后的小狳却略显茫然。它根本不用低头品尝也清楚，自己的胃肠根本就适应不了这种古怪的食物。不过在此时，即使它已经离开真正的荒野，但那种隐藏在它体内的隐秘本能在告诉它，它的食物其实就在眼前，只不过不在地上，只要抬起头，它就可以寻找到一切。相对于它那视力并不出色的小小的眼睛，它更愿意相信自己的鼻子。依靠嗅觉灵敏的鼻子，很快它就找到了属于自己的食物，它只是抬起头来，那些桦树、杨树和灌木的嫩芽就已经摆在它的嘴边了，它只抿着厚厚的嘴唇将这些散发着树脂清香的娇嫩的细小叶片收进嘴里，就知道这是真正属于自己的食物。

没有人教过它应该取食这些树的嫩枝软芽，不过，在它身体中那种隐秘的力量的驱使下，它在青葱的林地里找到了更多的食物。当格利什克发现的时候，它已经习惯了野生狍族长久以来的食物了。

于是，尽管它与驯鹿一起外出，但是它从未与驯鹿争夺过食物，它们拥有属于各自的不同的就食层。

当然，人类的食物还是可以当作正餐后的小点心，列巴、烧饼、面条，这些食物小狍从来都是来者不拒。

这些源源不断的食物并没有白费，格利什克惊讶地发现，小狍皮毛上那种幼崽时期的红棕色已经渐渐地淡了，化为一种深沉如暮色的深棕色。同时，因为营养充足，在人类的世界里补充了一些在野外根本无法得到的无机盐，它的毛根发亮油润，那一身皮毛像缎子一样闪闪发亮。当然，变化的可不仅仅是它的皮毛，还有那硕大的体形，它的腿已经越来越长，身高已经跟成年的驯鹿差不多了，只是体重略有逊色。格利什克相信，小狍比林地里同龄的幼狍更加高大结实。

在小狍没有那么快地长大之前，格利什克并没有感觉有什么不妥，他甚至为小狍如此适应帐篷内的生活而惊讶不已。在夜晚，小狍会用头掀开帐篷的棉帘，走进夜色之中，随后，帐篷附近的灌木丛中就会传来小溪奔流一样的涓涓水声。它会排泄很长时间,格利什克曾经一时兴起试着计算了一下时间,最长的一次足足有两分钟。看来除了拥有一个惊人的胃,它还有一个大号的膀胱。随后小犷就会带着夜晚的寒气钻进帐篷,在火炉边找个温暖的地方重新继续自己的梦境。

但小犷意识不到自己的成长,它仍然以为自己是一头弱小的幼崽。

不过,即使这种成长是如此的隐秘而令人难以觉察,它还是越长越大。

小犷仍然不断地想挤入帐篷。但帐篷对于它来说已经太小了。它蠕动着丰满的屁股刚想在帐篷里转动一下身体,结果火炉的炉筒就被撞歪了。炉筒里黑灰弥漫的烟雾还没有在帐篷里消散,已经习惯于装作若无其事的小犷试着在帐篷的一角卧下,可是不小心它的屁股压在水桶上,在一声古怪的闷响中,当它尴尬不安地站起来时,水桶已经像弱不禁风的纸盒一样瘪了。

总之,尽管它越来越小心,但大象闯进瓷器店的结果向来如此,稍不小心,就会撞翻食物架子,于是帐篷里就会上演一段锅碗瓢盆奏鸣曲,这样的奏鸣曲,一天总要上演几段。

终于,在一个月色清朗的夜晚,小犷被格利什克赶出了帐篷。

　　小狰当然不甘心，它执拗地尝试钻进帐篷，但格利什克用绳子扎紧了帐篷的棉布帘。当它将头探进棉布帘的缝隙时，格利什克向它扔了几块沉甸甸的桦子。终于，无可奈何的小狰只好放弃了再次进入温暖帐篷的想法，但它仍然不甘心，在帐篷外面发出粗鲁而痛苦的吼声。隔着帘子，格利什克听到它愤愤不平地将一头挡路的小驯鹿撞开，又将所有的愤怒发泄在营地边的灌木丛上。它在帐篷周围整整徘徊了一夜，像牛一样打着响亮的喷嚏，发出不满的嘟囔声。

　　第二天早晨，天色微明，格利什克起床生火，解开帐篷的棉布帘子。

　　帐篷周围并没有小狰的影子，四处寻找间，从不远处的灌木丛中露出了它那青灰色的轮廓，身上硬毛的尖端挂着晶莹的露珠。它慢慢地走了过来，不过又视若无睹地从格利什克的身边走了过去，它还在赌气。

　　这是小狰在林子里度过的第一夜，显然一切并没有它想象的那样可怕。从此它不再进入低矮狭窄的帐篷，尽管偶尔也会将头探进帐篷看看，但是仅此而已，那是因为被帐篷里食物的香味吸引了。

　　小狰已经越来越适应营地的生活了。

　　每当黄昏营地的炊烟升起时，这头体形已经愈显庞大的小狰就跟随着驯鹿群慢慢地走回营地。当黑夜到来时，驯鹿还是愿意在营地附近徘徊，毕竟，那些可能对它们造成威胁的荒野中的野兽对人类和火的气息还是感到恐惧的，在营地附近总是比较安全的。但是，也有一些留恋丛林的驯鹿会走进很远的原始森林的深处，不过，最终它们还是会回到营地的。

　　格利什克远远看到一群棕黑色的驯鹿从林地深处缓缓走来，如同一团林间慢慢荡起的烟雾，而在那朦胧的烟雾中，仿佛燃起一团明亮的火，那颜色像极了融化的铜，那就是走在驯鹿群中的小狰。

　　走进营地之后，驯鹿各自散去，而小狰却慢慢吞吞地一直走到帐篷前，将硕大的头摇摇晃晃地探进昏暗的帐篷里，寻找格利什克。如果格利什克此时正在帐篷里，他总会拿起一块列巴或是什么食物，送到它的嘴里，那是它的特权，否则它会作势要钻进帐篷，格利什克可不想冒着帐篷被拱翻的危险让小狰硬闯进来。

　　如果没有见到格利什克，小狰就会在帐篷门口发上一会儿呆，然后执拗地站在营地中的空地上等待他。在等待的时候，它像是进入一种半昏睡的状态，低头垂耳，半闭着眼睛，似乎睡着了，如同空地上的一尊铜雕像。

但这一切都是假象，忽然，像是听到了什么，了无生气的小犴猛然间抬起头来，旺盛的生命力转瞬之间又回到它的身上。它那低垂的头猛地耸了起来，转动着寻找声音的方向，它侧耳倾听，在确定了林地的某个方向之后，迈开宽大的蹄子向那个方向跑去。它已经长得很大了，四腿修长，身体壮硕结实，跑起来像一艘切开平静水面的战船。

很快，小犴在半路上接到了格利什克和跟随着他的秃尾猎犬。

它似乎永远也意识不到自己庞大的体形，仍然像小狗见到久别的主人一样冲向格利什克。

它围着格利什克热情地打着呼噜，用力地用像马头那么巨大的脑袋在他的身上摩擦。

在丛林中跋涉了一天的秃尾猎犬不满地低吼着，不过也只是象征性地冲着傻呵呵的小犴叫上几声，随后就走到前面去了，它急于走进帐篷，在温暖的炉火边睡上一会儿。

格利什克则小心地退下了枪中的子弹，生怕小犴一时兴起触到了扳机走火。

随后，他大声地呵斥着这头自以为还是小崽的巨兽，以此来遏止小犴那令他难以承受的惊人热情，他生怕它扬起蹄子，那么自己的肋骨会像纸一样被轻易地撕裂。

就这样，一头巨硕的狎像屁颠屁颠的小狗一样跟随着格利什克一起回到黄昏的营地，一路踏得枯枝和落叶沙沙作响，扬起温暖的灰尘。

最开始，对于水，小狎并没有特殊的感觉。路过河套或是池塘时，对于荡漾的水面，它无所谓恐惧，也无所谓惊喜。它以为自己像驯鹿一样，仍然认为只有安稳的陆地才是最安全的。

不过，本能，那隐藏在它身体内的本能从来没抛弃过它。它可以感受到身体中的那种渴求，除了树的嫩枝脆芽，它还需要其他的食物来填补自己那饥饿的胃。

很快，它就发现了新的食物，于是河套和池塘边成为它新的取食点。

睡莲、眼子菜、香蒲、浮萍，枝枝叶叶，根根茎茎，它无所不吃。一开始它还只是在齐膝深的水中徘徊，渐渐地愈走愈深，它那宽大的蹄子似乎就是为了在水边行走准备的，蹄瓣分开，支撑着它巨硕的身体，让它不会陷到水下的淤泥之中。不过，偶尔一次，当它急于探身取食一棵香蒲时，它还是一失足顺着陡峭的河岸滑落到河水之中。河水顷刻之间将它淹没，它挣扎着，却只是徒劳地舞动着四条细长的腿。但那只是短短几秒钟的事，它突然发现自己竟然可以闭住鼻孔，而那慌乱中胡乱划动的四条长腿竟然像桨片一样越来越协调。于是，它几乎是非常轻松地蹈动着水流浮出水面，吸进了一口空气。

它天生就会游泳，造物主在创造万物时就赋予了它这项难得的技能。

在秋天的日子里

很快，小犽迎来了生命里的又一个秋天。

这是山地里最宁静、丰饶的季节。

落叶松几乎在一夜之间烧得满山通红，竟然呈现出比春日里更生机勃勃的景象来。天空高远辽阔，阳光似乎因为空气的透明而拥有了更强的穿透力。一切都显得安静而温暖，零落的叶片从空中降下，飘落在清澈的溪水中，转瞬之间就被卷到下游去了。林地里的动物们都忙着在严酷的北方冬日到来之前补充能量。营地里的驯鹿已经不再引起熊的兴趣，这个季节熊长久地坐在长满蓝莓和各种浆果的灌木丛里，一刻不停地吞食着饱满多汁的浆果。这些含糖量极高的浆果会在熊的体内迅速地转化为一层层丰满的脂肪。在初雪降过之后，脑满肠肥的熊就会找个温暖的树洞，在昏睡中度过整个冬天。这些由浆果囤积而来的脂肪，可以一直支撑到来年的春日，届时冰雪融化的水滴会将熊滴醒。而野猪则长久地在榛树林里流连，寻找饱满的榛子，有时它们也会因为吃得厌倦，竟然在树下倒头大睡。不过它们会在睡醒之后再继续吃，直到肋下生出厚厚的脂肪。当然最繁忙的还是勤劳的花鼠①，它们来来回回地以惊人的速度把从林地里找到的各种成熟的种子运进洞里，它们也在为即将到来的冬天储备粮食。

也许是被季节神秘的氛围所蛊惑，连狍子这种害羞而胆怯的动物，也会在林间空地上看着那些满天飞舞的红蜻蜓发呆，当人走近时狍子才回过神来，急匆匆地跳开，消失在林地深处。

小狴对季节的变化却没有明显的感觉，每天仍然无所事事地在河边吃水草和香蒲，然后在营地中的空地上晒干身体，在沙堆里打滚。做完沙浴之后，又到营地边的树林里去找其他的食物了。现在，林子里桦树和杨树刚刚发出的新芽已经不多了，但这林子太大了，食物无处不在，只要看看它那晃晃荡荡的大肚子就知道它每天吃得有多么惬意。

尽管小狴经常独自走进丛林，寻找独属于自己的碱场，或是远离驯鹿群，在河套和池塘边流连，但更多的时候，它还是和营地里的驯鹿们待在一起。每天小狴跟它们一起在营地附

---

①又叫桦鼠子，花狸棒，花栗鼠，身体侧面有5条纵纹，臀部逐渐呈锈红色，腹部淡肉黄色，分布于中国东北，华北。

近采食，黄昏时望着远方被夕阳染红的山脊发呆，而当格利什克摇动盐袋发出的声响在林地间响起时，无论在什么地方，它都会和驯鹿群一起急急忙忙地穿越丛林来到格利什克面前，争先恐后地从他的手中取食盐粒。像所有的林地动物一样，小狞无法克制自己对矿物质和无机盐的那种渴求。

尽管小狞不知不觉间渐渐长得越来越高大，比驯鹿群中最高大的雄鹿还要高出很多，而那副大角更庞大得令人怀疑它是否有力气将其顶在脑袋上而不被压坍。但它似乎从来没有意识到自己的力量，当它傻乎乎地跟着驯鹿群在林地行进时，它俨然一头误入羊群的骆驼。

不过，无论小狞是不是理解，作为荒野的弃儿，蛮荒的气息都已经在它的身上消失殆尽，但它仍然拥有野兽的躯壳。它正慢慢地变得强壮起来，项下巨大的肉块正渐渐地低垂下来，使它显得更加强壮。在它漫不经心地靠着一棵碗口粗的枯树蹭痒时，它竟然将树轻易地挤倒了。不管它愿不愿意，它已经悄然间拥有了巨人的身躯和力量，但这惊人的力量对于它却像潘多拉的盒子，它从来不知道如何打开。

小狞还未成年，但是每年九月到来的时候，那些被欲望蛊惑的雄鹿脖颈渐渐变粗，像处于食物链顶端的肉食动物一样嗷嗷地嗥叫，整天红着眼睛追逐雌鹿时，它总是成为那些雄鹿的眼中钉。几乎所有的雄鹿都在顷刻之间意识到在驯鹿群中隐藏着一个身躯庞大的对手，只要小狰出现在它们的视野之中，就会被它们紧紧追赶，腰肋和臀部被鹿角狠狠地挤撞。于是被鹿角剐得遍体鳞伤的小狰只能狼狈不堪地远远躲进林地深处，但那些被欲望烧得两眼通红的雄鹿却穷追不舍，无奈之下，小狰只好一直逃到河边，轰的一声跳进水里。大概是害怕河水会降低它们与对手争斗时的勇气，那些追红了眼的雄鹿才就此放弃，回去寻找新的竞争对手。

这是小狰不能理解的世界，它感觉这世界几乎是一夜之间改变了，那些平日安静、温顺的雄鹿似乎突然间被恶魔附体，一头头狂暴凶悍，见什么都不顺眼，面前就是有块石头也要上前咚咚地擂上几下。

小狰站在水中，看着那些耀武扬威的雄鹿慢慢走开。它不敢上岸，生怕那些雄鹿只是佯装离开，并未走远，自己一旦上岸就又要遭受没头没脑的追逐撞击。

于是，小狰在水中站了很久，直到夜色到来，才小心翼翼地从河里爬上岸，抖去浑身的水珠，在夜色的掩蔽下战战兢兢地偷偷摸摸回到营地，想在格利什克的帐篷外面找个安静的角落。但是只要哪一头雄鹿又嗅到了它的气味，新一轮的追逐又开始了，它只有再次逃跑，再次跳进夜里已经结了冰碴的河水中。这样的事，有时一天之中要发生五六次。

总之，每年驯鹿发情的季节小猝总是过得惶恐不安，度日如年，为了躲避那些突然间拥有肉食动物攻击性的雄鹿，整个白天它不得不远远地躲开营地，直到黄昏时才回到帐篷附近，从格利什克那里讨要点食物。直到发情的季节结束，第一场雪降下之后，那种令雄性驯鹿变得狂暴的激素才从它们已经变得日渐消瘦的身体内悄然消散，小猝终于能够回到驯鹿群中，重新过上安静的日子。

还好，驯鹿每年只发情一次。

小猝三岁那年的秋天，又到了驯鹿的发情期。几乎在一夜之间，那些雄鹿又集体化为一群猛兽，头一天晚上它们从哪个方面看起来都像一群驯鹿，一切正常，早晨醒来抬起头时，一道狂暴的目光已经在它们的双眼中闪烁。一直对小猝的存在视而不见的雄鹿们开始向小猝逼了过来。

第一个向小猝攻击的是驯鹿群中一头最壮硕的雄鹿，它阴险地从小猝的侧面突然冲过来，鹿角重重地撞在小猝的肋骨上。毫无防备的小猝被撞了一个趔趄，但是仅此而已，它那沉重的体重和像石头一样结实的肌肉轻而易举地化解了这次攻击。不过它仍然被这一下撞懵了，还没有意识到发生了什么。距离上一次驯鹿发情的季节已经过去整整一年了，那些天天在冰冷的河水中呆立的记忆已经变得模糊了，而今年也许是天冷得太早，驯鹿的发情季节提前了。总之，小犴没有反应过来，一时竟然没有想到应该转身逃跑，一路跑到河边，扑通一声扎进河水之中。

当雄鹿发现自己倾尽全力的一击竟然没有起到任何作用时，它变得更加恼怒，重新调整了姿势再一次撞过来，一时不知所措的小犴条件反射地低垂下头颅用自己的大角去挡了一下。嘭的一声巨响，与小犴相比，成年驯鹿的力量确实有些逊色，这次撞击震得雄鹿头昏眼花，而小犴只是在四只角纠缠在一起时轻轻地一扭，就将这头几百斤的雄鹿抛了出去，雄鹿重重地摔在地上。

当这头摔得晕头转向的雄鹿站起来时，小犴已经高高地昂起了头颅。一瞬间它已经意识到自己的力量，一直以来就高高在上的这些雄鹿竟然如此不堪一击。它终于领悟到，自己拥有来自荒野的力量——强壮的脖子，硕大的蹄子，像岩石一样结实的身体。

这头雄鹿黯然走开了。

但是一切还没有结束，驯鹿群中的所有雄性驯鹿都发现了这个如此具有威胁性的对手。整整一天，一头又一头的雄鹿向小犴挑衅。那是一场似乎永无休止的车轮战，一头又一头的雄鹿被打败，而在这头被掀翻的雄鹿还没有站起的时候，又有一头雄鹿去填补它的位置，俯首挺着鹿角冲过来。

打得太激烈了，格利什克不得不挥舞着树枝将雄鹿驱赶开，但是他刚刚回到帐篷，雄鹿又围了上来。后来，他索性不再干涉这些红了眼的雄鹿，看起来，小狰并不会吃什么亏，而小狰在打斗时也并没有什么过于激烈的动作，它仅仅是利用自己的力量将雄鹿挑起后再摔倒在地，并没有向要害的部位攻击。

于是，争斗直到黄昏也没停止，并持续了整个夜晚，帐篷外面断断续续地传来大棒互相击打般铿锵有力的撞击声，这沉重的声音响彻黑夜里寂静的林地。

第二天早晨，走出帐篷的格利什克看到驯鹿群中的雄鹿已经走到距离营地稍远一些的白桦林中，个个垂头丧气。小狰却站在母鹿与小鹿中间，神情高傲，只是看起来略显疲惫。

在那场一天一夜的争斗中，有三头雄鹿受伤，两头雄鹿各自失去了自己的一只角，还有一头被撞断了肋骨，而小狰，仅仅是巨角被撞出了几条隐约可见的白印。

尽管小狰无意中击败了所有的雄鹿，可它却对鹿群中的母鹿毫无兴趣。

不过，它毕竟已经是一头成年的狰了，此时，荒野的林地对于它已经不再是什么陌生而恐惧的地方了。从此之后，每年总有一段时间，它会神秘地消失在林地里。而在某个早晨，它又会悄然出现在营地里，只是消瘦得厉害，巨大的身体似乎只剩下一副撑着皮的骨架。

它几乎是闭着眼睛满足地喝光格利什克为它煮的米粥。

敖　乡①

在小猞已满四岁的那个春天，山上的雪迟迟不愿消融。格利什克在劈桦子时，一根隐藏在雪中的尖利木茬穿透了他的靴子，在他的脚上扎出一个小小的伤口。当时格利什克并未在意，只是简单地处理了一下，但第二天被扎的脚竟然肿了起来。他用火烤过的猎刀切开了脚掌上已经像熟透的李子一样红肿鼓胀的部位，从里面挑出了折断的木刺，又认真地重新用酒精把伤口处理了一下。但是，伤口显然已经感染了，脚掌在几天之中仿佛以惊人速度成熟的果实一般，越肿越大。

格利什克几乎不下山，除非有万不得已的情况，山下的敖乡有属于他的房子，但他几乎没有在那里面住过，而且，也没有亲人在那里等待他。

①敖鲁古雅乡，位于内蒙古自治区大兴安岭满归林区。

但现在他不得不下山了。

这天清晨，在迷蒙的晨光中格利什克一瘸一拐地钻出帐篷。小犴正站在帐篷前发呆，头和脸上结着一层淡淡的霜片，发现格利什克出来，它兴奋地打了一个像大炮声一样响亮的喷嚏，然后将头顶在他的怀里，霜片噼里啪啦地掉落在地上。

格利什克在它的头上轻轻地拍了两下。

他慢慢地向山下走时，小犴尾随着秃尾猎犬，一直跟在他的身后。

格利什克走得很慢，只要遇到林间小溪，他就呻吟着踮起伤脚在溪边坐下，脱下鞋袜，将红肿发烫的脚放入冰冷的溪水中，这样那种灼热的痛至少可以稍稍有所缓解。

这样时走时停地走到通往山下敖乡的林地沙石路边时，太阳已经升得老高了，格利什克擦了擦流到耳边的汗水，发现小犴仍然没有一点儿要回营地的意思。

这时格利什克有些不知如何是好了，本以为走到林地运原木的沙石路上，小犴就会独自走回营地，但现在看来它会一直跟着自己。

把一头犴带下山，总感觉有些不妥。格利什克已经习惯了这头小犴，当然，只是因为天天都能见到，也就没有注意到它的成长。此时他认真地审视眼前的小犴，才意识到，它已经不是小狴了，它悄悄地长成一头巨兽了。现在，站在他面前的是一头皮毛光顺的棕色巨狴，几乎和一头成年的公牛一样雄壮，而它又拥有比牛更加强健的长腿，在它那奇形怪状的头上，两只铲状巨角像巨人伸开的一双手掌。

格利什克无法想象将这样一头巨兽带回敖乡会发生什么事。

他大声地恐吓着想把小狴赶回营地，但今天不知道是怎么了，小狴无论如何就是不愿离开。往常格利什克离开林地进山找鹿或是去打猎时，它倒也并不是跟他形影不离。也许是早晨多摸了它两下，或者它发现格利什克今天走了一条与往常截然不同的路吧。确实是一条不同的路，小狴当然不知道，顺着这条路一直向前走，森林会渐渐变得稀疏，野兽和鸟儿也会越来越少，火和铁的气味会越来越浓。

在道路的尽头，就是人类的世界了。

总之，在这个早晨，小狴总是感觉有什么不同寻常的地方，它相信在这种时候跟着格利什克是最安全的。

格利什克大声地吆喝着，洪亮的声音在林地里传得很远，一只正在树丛间享用早餐的松鼠吓得丢掉了手中的松果，蹿上了松树的顶端，在那里隐匿了自己的行迹；忙活了一夜，此时正在树上闭目养神的雕鸮①不满地向这边扫了一眼，无声地飞

———————
① 夜行猛禽。

走了，去寻找更安静的地方消化满肚子的啮齿动物。

此时的小狴又恢复了小时候那种要将帐篷拖垮的执拗，无论格利什克怎么呵斥还是吆喝，它就是不远不近地跟在他身后，格利什克走近时它就走远几步，转身回头走时它又跟了上来。

格利什克腿脚不方便，不一会儿就开始喘粗气。

气急败坏的格利什克看自己对小狴毫无办法，便大声命令秃尾猎犬去将它赶开。

秃尾猎犬刚才看到一瘸一拐的格利什克连喊带叫地驱赶小狴已经觉得有些糊涂，此时得到这个莫名其妙的命令更是感到不知所措。它只是狗，它懂得怎样去执行主人的命令，它知道哪些事情是应该去做的，比如当主人发出指令追杀逃窜的野猪时它毫不犹豫地冲过去，或者当熊骚扰营地时它咆哮着拦在前面。它从来不缺少勇气，在林地中一条怯懦的猎犬没有存活下来的资格。但它此时不知道应该怎样执行这个命令，命令本身它明白，跟驱赶进帐篷偷东西的驯鹿差不多，但这里没有帐篷。那么难道是让它去追捕猎物？附近又没有新鲜猎物的气味，它的视力和体力大不如以前了，但是嗅觉可一点儿也没有退化，这附近绝对没有藏着什么猎物。小狴是猎物？也不可能，从小狴刚刚出现在营地上，它就因为有攻击这头小兽的企图而一次次受到格利什克的责打。

　　在格利什克再一次催促之后，秃尾猎犬也有些急了，于是它发出因为苍老而愈显阴森的嗥叫冲了过去。现在的小�犴可不是当年那头弱不禁风的小兽了，此时它有足够的实力对秃尾猎犬的进攻不屑一顾，于是它只当是出于礼貌向后退了两步。在格利什克的喝令下，秃尾猎犬不得不冲向小狳，准备在它的前腿上虚咬一口，也算是向格利什克交差。但它刚冲到小狳的面前准备下口时，小狳突然垂下了头，那两只巨大的角像一堵厚墙横在秃尾猎犬的面前。小狳仅仅是抵挡了一下，当然只要它愿意，只需轻轻地一扬头，就算不能将秃尾猎犬开膛破肚，也可以轻而易举地将它挑飞。

　　秃尾猎犬当然知道其中的厉害，它早已经失去了年轻力壮时可以独自追捕野猪的体力，它的反应也没有那么快了，否则，它可以在小狳还没有反应过来的时候咬到它的腿，然后一闪身躲开踢过来的蹄子。那时候，别说是狳，就是狂暴的熊，它也可以驾轻就熟地与之周旋。它会疯狂地围着偷袭营地的熊狂吠，不时地跳上它的脊背咬上一口满是熊脂臭味的毛发。它忽左忽右地跳来窜去，没完没了地吠叫，将唾沫甩在熊的身上。总之在骚扰之下，饥饿的熊也就没有心思顾及周围的一切，一门心思只想捉住这条秃尾巴的狗，把它捏在自己的两掌间揉碎。但是熊没有机会，这是一只精灵，在它的身边飘来飘去，它永远也抓不到。就这样秃尾猎犬将熊引到开阔的空地上，让熊面对着格利什克的方向，终于，被扰得晕头转向的熊猛然直立而起，打算扑向这条缠人的秃尾巴狗，将它压在身下，把它碾碎。但是，熊忽略了自己的位置，正好将自己胸口那块白色的半月形皮毛展露出来了。

格利什克的枪就在这刻响起。

那时它做得多好啊。现在气喘吁吁的秃尾猎犬回头看看格利什克，它在他的脸上并没有看到因为它未能完成指令而要指责的表情。

只能就这样了。

格利什克和秃尾猎犬一样感到无奈。

因为脚上肿痛，格利什克走上一段路就要下到路边的溪水中去浸一下自己的脚。

他们就这样走了整整一天，又在星光下走了一夜，直到第二天凌晨。

当第一缕阳光终于擦过山脊的树梢时，村庄淡青色的轮廓悄然浮现在林地的尽头。此时，这个静谧的村庄中的一座座木屋被升起的淡淡炊烟笼罩其中。

敖乡，森林中的使鹿鄂温克①部族在山下的营地。

————

①鄂温克为民族自称，意为"居住在山林中的人们"。

当他们走进敖乡时，路上几乎没有什么人。不过，在村庄之中，能够最早发现陌生人的，往往是狗。

这次也不例外，很快，第一条狗发现了这个构成古怪的队列——一人、一狗、一巨兽，于是一连串半是兴奋半是恐慌的吠叫引来了更多的狗——几乎是敖乡所有的狗——敖乡里几乎每家都养着一条或者更多的狗。

它们吠叫着拥过来迎接陌生的客人。

人和狗，它们并不感到陌生。但是跟随在他们后面的巨兽让它们感到恐慌，年轻的狗显然还从未有机会进入丛林面对这种巨大的野兽，而那些此时赋闲在山下的猎犬却对这种动物散发出来的气味记忆犹新。

这是犴，是它们在年轻时经常以折断肋骨或者失去眼睛的代价围捕的狂暴的野兽。

几条在这些狗中颇有威望的年老猎犬认识格利什克和秃尾猎犬的气味，一开始它们也对这头巨兽会和猎人与狗走在一起颇感疑惑，但这种疑惑迅速就被长久地离开森林之后重又面对野兽的兴奋冲到九霄云外去了。

噢，那些热血奔流的年轻时代！它们怒吼着冲向了小犴。

此时的小犴，对这个陌生世界的一切都感到好奇，人类的木屋，院子，栅栏，道路，还有众多陌生的气味。这些，都是第一次在它的世界里出现。

也许是这些陌生的事物分散了它的注意力，一开始，它并没有将这些围过来的狗放在眼里。它们，它是认识的，是狗，气味与秃尾猎犬是一样的，不同的地方，仅仅是多了一条尾巴而已。

在格利什克的呵斥和秃尾猎犬的吠叫声中——在群犬洪水般的吠叫声中它的叫声显得像一朵小水花一样微不足道——这些狗已经像闻到血味的狼群一样凶神恶煞地围了上来。

筋疲力尽的格利什克和秃尾猎犬被这些兴奋的狗挤到了一边，几条曾经在丛林中与猎人一起出猎的年老猎犬站在最前面，它们训练有素地摆出了围捕的队形。而那些不知天高地厚的年轻的狗也跟在后面起哄，如果不是老猎犬在前面打头阵，它们是无论如何也不敢接近小犷的，它身上洋溢的自信和那种荒野的气息令它们自惭形秽。

第一条狗勇敢地出击了，在小犷还没有明白是怎么回事的时候，一口利齿已经缠上了它的后腿。它惊跳起来，只一下就将那狗甩开了，它尽管没有受伤，却受了惊。另一条狗利用这个时机，适时地在它的前腿上又来了一口。

那些猎犬为在离开丛林之后终于又找到团结协作的围捕机会而兴奋不已，很多时候它们只能在院子里远远地望着莽莽的丛林发呆。

它们配合得如此默契。

这样的围攻小狳还是第一见到，它发现自己无法兼顾所有的方向，在营地里与驯鹿一对一的平等打斗没有教会它怎样面对这种穷追乱打的进攻方式。尽管结实的皮毛保护了它没有受到什么伤害，但它还是有些狼狈，最后不得不一溜小跑着甩下那些企图蹿到它背上的红了眼的猎犬，它一直跑到了河边，轰的一声跳进了河里。

那些狗在河边悻悻地止步，它们知道自己在水中不是它的对手。

小狳以惊人的速度游过了河，然后爬上了岸，头也不回地撞开了河岸边的灌木丛，跑进了林地。

格利什克望望小狳离去的方向，并未着急，那应该是回山上营地的方向。回到营地也好，这山下毕竟不是它应该待的地方。

格利什克在山下的木屋尽管已经几年没有人住，但一直有邻居帮助打扫，他回来了就从邻居的院子里抱了几块桦子生火，住了进去。木屋中除了简单的床和桌椅，几乎没有别的东西，但在山上简陋的帐篷中待惯了，住在这种有屋顶的木屋中倒觉得有些过于奢侈了，甚至感觉有些憋闷。

上午，格利什克就去了乡里的卫生院。在那里，他脚上的伤口被重新切开，切除了腐肉，消毒。当然，他还需要输一段时间液，消炎。这次，也许他需要在山下待一个月吧。

下午，吃过饭后，格利什克又给趴在院子里的秃尾猎犬准备了一点食物，然后就回到木屋里休息去了。走了整整一天一夜，他感觉自己身上的骨头像是榫头松动的木桌一样，随时都有散架的可能。

格利什克回忆起自己年轻的时候，为了追捕一头受伤的鹿，追了整整两天两夜都没有感到劳累，硬是将那头鹿追得累倒在地。即使是在丛林之中，岁月同样在行使不可违逆的权力，衰老像必将到来的季节，应该来的时候自然就来了。这样想着，他终于睡着了。

当傍晚的炊烟再次在这个村庄里升起时，已经睡醒的格利什克站在院子里遥望着暮色之中一片空茫的远方群山，开始为小犴担心。他不知道小犴能否找到回营地的路，不知道它会不会在林子里遇到什么猛兽。

格利什克清楚，在这林地之中，可能对小犴构成威胁的，也就只有熊了，此时，正是熊刚刚结束冬眠，饥肠辘辘地四处寻找食物的时候。

晚上，在连续赶路的劳累已经淡去之后，格利什克注意到床软得有些离谱。

就这样，他辗转反侧地折腾了很久，才不知不觉地睡去。

不知睡了多久，隐隐约约有什么细小的声音惊醒了他。这是他在山上养成的习惯，总是睡得很轻，任何异常的声响都会将他惊醒。

他顺手去抓枪，但抓了个空。这时他才意识到这里已经不是山上的帐篷，而是温暖的木屋，枪已经被他挂在墙上了。

脚已经不像刚下山时那么疼了，但走起来还是一瘸一拐的，他推开门。在皎洁的月光下整个院子的地面一片素净的银白，似乎是下了一层淡淡的白霜，院子当中，站着一个高大的黑影，浑身上下雾气腾腾。

是小狲，它正低头嗅闻着秃尾猎犬，像是在打招呼。

看到格利什克出来，小狲慢慢地走了过来。

格利什克的手落在它的脖子上，发现它浑身还湿漉漉的。显然是刚刚渡河过来，而且似乎又跑了一段路，身上正暖乎乎地冒着热气。也许是因为河水洗去了它身上那浓重的气味，避开了那些好事的狗，否则，这个夜晚那些狗就会像炸了营一样狂呼乱叫，到时候，整个敖乡的人们都会以为是熊下山了吧。

小狲用它那巨大的鼻子寻找着格利什克的手，格利什克轻轻地抚摸着它满是肉的鼻头，他寻思着要找什么吃的喂它。

　　它竟然自己又找回敖乡来了，真的不知道它是怎么避开那些狗找到这座木屋的。也许它可以闻得到格利什克和秃尾猎犬留下的气味吧。

　　第二天清晨，小狍醒得很早。和秃尾猎犬一样，它就卧在院子当中睡了一夜，山下要比山上的营地温暖一些，它睡得很好。因为已经连续两天没有吃什么像样的食物，昨天晚上格利什克喂给它的那些列巴对它来说简直就不够塞牙缝，吃下去的结果就是让它那干瘪的胃更加饥火中烧，如果不是因为太累，昨天晚上它就会出去觅食了。

　　在青色的晨光中，小狍慢慢地踱出了院子，蜷成一团的秃尾猎犬听到动静，抬起头看了它一眼，又将鼻子插到自己腹下的毛丛中，沉沉睡去。一条老狗每天需要更多的睡眠。

　　站在沉睡中的乡间道路上，小狍犹豫了一会儿，然后迅速判断出食物的方向，那是距离敖乡不远的一个水塘，里面满是水草和香甜的蒲草，位置就在它跳水逃走时那段河道的下游，是河湾中的一片淤水。

　　一路上十分安全，下到水中大快朵颐时十分安全，就是在它填满了肚子心满意足地咂着水草香甜的味道走上岸时也十分安全。尽管肚子已经高高地隆起，但它并没有完全吃饱，对于它来说这里毕竟是个陌生的地方——与山中的营地相比。这里有太多的房屋和太多的灰尘，它急着回到格利什克的身边。

但是，当小狞浑身的毛上都挂着亮晶晶的水珠时，它在温暖的太阳下走进敖乡时，它没有意识到，那些狗已经醒来了。

小狞还没有弄清楚是怎么回事，就在转瞬之间，它发现自己已经被一群毛茸茸的动物围住了。

现在不安全了。

那些狗像在赶赴一个聚会，在最前面的还是年老的猎犬，它们阴沉地挑起上唇，发出低沉的咆哮。而躲在老猎犬身后的狗无一例外地发出阴阳怪气的嗥叫。这次它的身边既没有人类也没有猎犬，它是单独的。但此时，它们突然意识到，这头浑身湿漉漉的家伙是如此巨大，简直是一头在阳光下闪烁着慑人光芒的红棕色巨兽，它的身上弥漫着一种让那些从未有机会进入林地的狗感到恐惧的陌生气息。

吃得半饱的小狞只想尽快回到格利什克的小院子里去，像在山上的营地时一样，在吃过水草之后再回到帐篷前补充一些列巴作为餐后的小点心。

还有，昨天的经历还记忆犹新，小狞急着回到格利什克身边。

于是，它慢慢地向前移动，而狗群，跟随着它一起移动，并一直与它保持着一定的距离，那是一个虚拟的界限，一个紧紧地将它围在当中的圆。

小犴急着向前走，无暇回头，有一条老猎犬冲了上来，咬住了小犴的后腿，并悬挂在上面。在这条老猎犬还在为自己那并没有完全脱落的牙齿能够完成这样的动作而沾沾自喜时，受惊的小犴只是条件反射地甩了甩后腿，它就轻飘飘地飞起来，落在十几米远的地上，扬起一片尘土。

也许是这条身先士卒的猎犬给了其他的狗勇气，它们争先恐后地扑了上来。那些老狗以此缅怀年轻时代的辉煌，而那些年轻的狗希望能够增长自己的勇气，最终获得进入山林的资格。

当终于明白了猎犬的实力之后，小犴就那样不紧不慢地向格利什克的小院走去。而那些执着的狗，那些曾经在广袤的林地中游猎的鄂温克猎犬的后代，咆哮着扑过来，试着攀上它的身体，它宽阔的后背，它结实的大腿，它肌腱突起的脖子，甚至它的尾巴，总之，是那些猎犬的弹跳极限可以够得到的所有的部位。

但小犴仍然像格列佛在小人国被攻击时那样不紧不慢地向前走，巨角像两只上下飞舞的巨掌，结实的蹄子则仿佛抡圆的大棒，而那些猎犬，如被狂风吹落的叶片一样，被小犴扬起的蹄子踢开，或是被那大铲一样的巨角掀飞，纷纷飞起，又结结实实地落在地上。它还在向前走，在它的身后，那些肋骨折断或是下巴断裂的狗像鬼一样地哀嚎着。

格利什克听到声音走出屋子时，刚好看到若无其事的小犴走进院子，而它也刚刚将最后一条像水蛭一样黏附在身上的猎犬甩落到一户人家的屋顶上。那条被摔得晕头转向的狗清醒过来发现自己在什么地方时，吓得趴在屋顶上不敢动作，它这辈子还没有到过这么高的地方。

小犴看到格利什克走出屋子，急急忙忙地跑到了他的身边，像在山上的营地时一样，那双小眼睛满怀期待，目不转睛地盯着格利什克的手，它在向他讨要填满肚子最后缝隙的列巴或是大米粥。它已经习惯了饱餐纤维质食物之后再来一些碳水化合物，人类的食物。

那个早晨，敖乡的很多人都目睹了小犴以摧枯拉朽的架势扫荡狗群的一幕，老白也在其中。

第二天，老白就出现在格利什克的院子里。

敖乡不大，尽管几年没有下山了，但这里的人格利什克基本上全认识。当然，在这几年里刚刚降生的婴儿不算在内。

他不认识这个人，而这个男人混浊的双眼中那种狡黠的目光让他感觉不舒服。

这个男人在格利什克的面前说了很久，几乎不懂汉语的格利什克还是听明白了——他想买下小狍。

格利什克一生中还从未出售过任何东西，从来没有，而这个人竟然要买下他的小狍。

格利什克不知道应该说什么，当然他也不想说什么，他的鄂温克语老白是听不懂的。他以沉默对待这个絮叨的男人，不再理睬对方，当对方不存在，只是坐在那里擦拭着他的枪。

无趣的老白不得不离开了，离开时，他有些不甘心地看了看那头在院子里晒太阳的狍。上一次他将两头驯鹿倒出大兴安岭时赚的那点儿小钱早已经被他喝得一干二净，那只是寻常的驯鹿，这可是狍，如果能够弄出山去，恐怕挣的钱够他喝一年的。

他不着急，他相信自己有足够的手段搞定这个孤老头儿。

但老白再一次失败了，连对付鄂温克男人向来无往而不胜的酒竟然也没有起到作用。

老白相信酒是个好东西，鄂温克男人喝醉之后，他就可以将早已看中的东西捞到手，不管它是兽皮还是来自俄罗斯的银器。上次那两头驯鹿就是他灌醉了另一个营地的养鹿人，以低得不能再低的价钱买到手的。老白心里明白，那点钱连买两只羊都不够。养鹿人酒醒之后懊悔不已，鄂温克人可是世世代代不出售自己的驯鹿的，但没有办法，那两头驯鹿早就不知道被运到哪个游乐场去了。

它们再也没有机会回到山林中了。

这个孤老头儿看到拎着酒瓶子走进屋里的老白竟然连头都没有抬一下，这次，他在那里磨他的猎刀。

老白将自己那天花乱坠的宏伟理想又重复了一遍——小狎会从此住在一片跟林子没有两样的围场里，吃得饱睡得暖，在过上幸福生活的同时担负起为住在水泥房子里的城里人展示森林巨兽雄伟身姿的伟大任务。他不知道这个老头儿是不是听明白了，但他知道自己又一次白费力气了。情急之下，他取出用橡皮筋扎着的一沓薄薄的钞票，想硬塞进老人的口袋里。

老白生硬的动作惹怒了格利什克，格利什克一抽手，钱落在地上，但格利什克并未抬头看他，只是阴沉着伤痕累累的脸以指甲试着猎刀的锋利程度。

而此时正卧在格利什克身边沉睡的秃尾猎犬已经感觉到主人情绪的微妙变化，顷刻之间一扫颓态，颈上的毛赫然竖起，皱起鼻子上伤痕累累的皮，咧开嘴唇露出獠牙，从喉管里发出阴森的低吼。只要格利什克有个动作，它就会毫不犹豫地冲过去将这个聒噪不休的男人撕成碎片。

老白在心里咒骂着这不识趣的孤老头儿和那老不死的狗，

从地上拾起了钱，当然没有忘记拎上他的酒，逃出了格利什克的小屋。

在院子里，正在晒太阳的小狞慢吞吞地抬起硕大的头颅，漫不经心地瞥了老白一眼。

老白愤懑不已却又无能为力，在来之前他已经跟敖乡的人打听过格利什克了，这个老头儿已经决定的事，没有人可以更改。

他不甘心就这样离开，将这头狞倒卖到山外狠狠赚上一笔的想法对于他确实具有致命的诱惑力。他犹豫着想再次回到木屋中去，不过他清楚自己只能面对那张像树皮一样苍老的脸，他什么也得不到。

这样想着老白叹了口气，还是决定离开，就在他准备离开格利什克的院子时，他突然注意到木屋旁边那间小小的仓房。仓房的门关着，上面挂着铁制的搭扣。他清楚地记得昨天自己离开的时候格利什克拎着一袋子豆饼①放在里面。

不知道是什么迷住了老白，一丝凶险的神情在他的脸上稍纵即逝。那是一瞬间的想法，他毫不迟疑地向仓房走过去。在他刚刚来到敖乡的时候，在一次杀羊的时候，那只受惊的山羊在挣扎时撞到了他的腿，他竟然将山羊倒吊起来活着剥了皮。

①黄豆在榨油后剩下的残渣，压制成饼状，是牲畜的精致饲料。

敖乡的萨满①妞拉②正好从这里经过，她劝走了那些好奇观望的孩子，望着那只已经被剥了一半皮却仍然在哀叫挣扎的鲜血淋漓的山羊，妞拉喃喃自语：这孩子的身体里有些东西坏了。

老白的身体里确实有些东西坏了，但他一直不知道。当他轻轻地拉开仓房的木门时，木枢发出的细若游丝的一声吱呀惊得他出了一身冷汗，他扭头看了一眼，格利什克背对着窗子在木屋中磨刀，并没有向外张望。

不过，他听到一声低沉的嗥叫，他慢慢回头，看到格利什克的秃尾猎犬稳稳地站在他的身后，正冷冷地盯着他。此时，以前与敖乡的猎人一起喝酒时听到的关于这条猎犬的传奇般的故事顿时清晰起来。它是格利什克在漫天大雪的日子里拾到的一条被冻僵的小狗，格利什克用身体把它暖过来，又用鹿奶将它喂大。就是这么一条小狗，竟然成为敖乡数年来难得一见的凶悍猎犬，随格利什克出猎，配合默契。它冬日里经常自己在厚厚的积雪里追捕狍子，咬死之后叼回营地里。一年初春，一头老熊袭击营地，格利什克的枪卡壳了，就在熊要扑倒格利什克的时候，是它冲了过去，挡住了暴怒的熊，格利什克

---

①鄂温克人对巫师的称谓。
②中国境内使鹿鄂温克最后一位萨满。

才有机会重新装上子弹将熊射倒。就是那次，它丢掉了自己的尾巴。

他记得有人跟他说过，不要试图从格利什克家中拿走任何东西，否则秃尾猎犬会毫不犹豫地把偷盗者的手臂咬断。

尽管这条凶悍的狗随时可能冲过来将他的屁股撕烂，老白还是慢慢地拉开了仓房的门。那袋豆饼果然就放在门边。秃尾猎犬已经发出了攻击的前奏，阴沉的低吼声正渐渐地高昂起来，正迅速地接近攻击前最后的临界点，随之而来就将是血光四溅的撕咬。

老白战栗着鼓起最后的勇气，轻轻地将扎紧的袋口解开。

他闭着眼睛，满身冷汗，像等待行刑的囚徒，还好，那像刀子一样锋利的獠牙并没有咬上他的屁股。他慢慢地转过身，后退着离开了院子。

秃尾猎犬并没有跟过来。

终于走出格利什克的小院，老白像获得大赦一样松了一口气，透过院墙木板的隔缝，他看到秃尾猎犬在仓房的门口巡视了一遍，然后回到院子当中，卧下睡觉去了。

一直卧在院子一角发呆的小狞，突然被空气中某种特殊的气味所吸引，它慢慢地抬起了头，翕动着松垂、丑陋的大鼻子。很快，它发现，气味是从那扇刚刚被陌生人打开的木门里飘出来的。

小狰慢慢地接近仓房，门太低了，它进不去，不过它的目光迅速就被门边的袋子吸引了。它将头探了进去，它的眼睛开始发亮，它发现了整个世界。

老白看到这里，知道一切很快就会解决了。他得不到的，就要将它毁掉。

傍晚，格利什克将磨好的刀轻轻地在自己的指甲上试过，刀锋在指甲上留下了一道浅浅的白印。他颇为满意地点了点头，将刀收进鞘里，收拾了磨石，走出屋子透透气。

秃尾猎犬听到了主人出来的声音，抬起了头，轻轻摇动着仅剩的一截尾根。格利什克向它摆了摆手，示意自己只是出来转转，并没有离开院子要它一起随行的意思。

就在这时，格利什克看到小狰以一种古怪的姿势伸开四腿侧躺在地上。

格利什克慢慢地走过去，发现小狰的肚腹已经膨胀到一种可怕的极致，高高地隆起。一瞬间他产生了一种错觉，以为它突然间怀孕了，但是，他清楚地记得小狰是公的。

他站在那里看着瘫躺在地上一动不动的小狰，有些不知所措。

卧在地上的秃尾猎犬已经根据主人的表情和动作意识到发

生了什么，它站了起来，慢慢地走过去，伸出鼻子嗅了嗅小狰，然后抬起头迷惑不解地看着格利什克。

格利什克太了解这种目光了，秃尾猎犬闻到了死亡的气息，而它的迷惑，仅仅是因为它有些不清楚为什么死亡会发生在这里，发生在小狰的身上，而且这是一次没有血腥味道的死亡。

格利什克在小狰的身边蹲下，手落在它的脖颈上。小狰粗硬的毛刺痒了他的手，但是他却并没有感受到任何脉动，小狰已经停止呼吸了，手指所触之处竟然像石块一样坚硬。

小狰在吃光了整整一袋豆饼之后又喝光了一桶水，那些被压榨过的干硬豆饼在它的胃里以惊人的速度迅速膨胀，它被活活地胀死了。

格利什克不知道在院子里坐了多久，当他回过神来太阳已经在远山的山脊上沉落了，慢慢地，他感到一丝寒意，双腿开始麻痹，仅在左腿外侧还可以感受到一丝若有若无的温暖，那是秃尾猎犬一直趴在他的腿边陪伴着他。

天就要黑了。他叹息了一声，慢慢地站起身，回到屋里取刀子。没有想到刚刚磨好的刀子竟然是派了这个用场，格利什克再次叹息着摇了摇头。

再过一会儿，恐怕皮就剥不下来了。而且小狰太大了，就是想运出院子去恐怕也得肢解了才成。

格利什克将刀从桦皮鞘中抽了出来，一时不知道应该如何下手，要为一头不是自己射杀的动物剥皮这似乎还是第一次。

但第一刀总是要下的，按照习惯第一刀应该切开动脉放血，但是僵硬的小犴恐怕已经放不出什么血来了吧。

格利什克还是攥紧了刀子，准备向小犴喉下刺去。但他仍然有些犹豫，于是仅仅是将刀尖顶在小犴喉下的硬皮上。

就在他狠了心准备刺下去时，小犴突然发出了一声悠长的叹息。

格利什克吓得向后一退，秃尾猎犬被吓得更厉害，敏捷地跳到了一边，与它高龄猎犬的身份显然不符。对于小犴，它可没有什么特殊的情感，当年发现小犴时如果不是格利什克阻止，恐怕当时它就将这头小兽开膛破肚了。对于死去的小犴它也没有什么感觉，它卧在一边只是期待小犴被开膛之后那些柔软的内脏。

那个夜晚，敖乡的很多人都看到领着狗的格利什克驱赶着一头如牛一样强壮的巨兽在乡间道路上前行的背影。

格利什克就这样赶着撑死之后又重新转生的小犴走出敖乡，走过星光下的田野，走过一片静静的白桦林，一直走到激流河边。月光之下，流淌的河水一路奔泻而下，翻起白色的浪花。

　　小犴感觉有些干渴，于是在河边低下了头，不过还没有等格利什克制止，它就放弃了饮水的想法。下午在饱餐了一顿喷香的豆饼之后，它急急忙忙走到水桶边，一口气将整桶水一饮而尽，终于解除了那可怕的焦渴。不过随后身体里发生的一切它一辈子也不会忘记。最开始，从它的胃中浮出的是一串温柔的气泡，但那是一个可怕的信号，那是紧紧充塞在胃里的一块块豆饼的空隙中仅有的一点儿空气，随后水填补了这所有的空隙。膨胀，像不甘寂寞的野兽，突然间意识到了自己的力量。它可以感觉到在自己的肚腹之中正在孕育成长的怪物，它吓坏了，用力地呼吸，绷紧肚腹，想要将这个还在不断长大的怪物从自己的肚子里挤出来。但一切都没有用，怪物的体积变得越来越大，它要撕开小犴的肚皮从里面钻出来。小犴无能为力，没有任何办法。怪物在挤压着它的肺，在侵占它胸腔里所有的空间，它喘不过气来。慢慢地，因为大脑缺氧，它的意识越来越模糊，它想去找格利什克，却无法挪动，原本轻盈的蹄子像拖着巨大的石块，变得如此沉重。终于，它倒在地上，尽管拼命地呼吸，却没有足够的空气……

　　它拼命地摇了摇笨重的脑袋，似乎要甩掉那痛苦的记忆，它没有再喝水。

格利什克领着小豜沿着河边的林间小路继续向前走去。不知走了多久，慢慢地，小豜鼓胀的肚腹中似乎发生了什么不可思议的事，里面叽里咕噜地翻腾着，发出巨大的响声。它不知道那是什么，以为又有什么怪物在自己的肚腹之中落户了。为什么上天如此不公，将这些怪物统统放进自己的肚子里。它瞪大了那小得可怜的眼睛，惊恐万状地望着格利什克。

格利什克拍了拍它的头，算是安慰它，却没有停下脚步。

又向前走了一会儿，终于，小豜停住了，挺直了脖子，痛苦地哆嗦着打出哞哞作响的巨大的嗝。那是一些充满甲烷难闻气味的嗝，如果此时不小心有一颗火星闪过，恐怕小豜的每一个嗝都会幻化为一条青色的火龙。

又走了几步，小豜不安地再次站住了，尴尬地叉开两条后腿，以大堤决口般的气势排出一摊恶臭扑鼻的排泄物。跟在它身后的秃尾猎犬跳开了，生怕那污秽的排泄物溅在自己的皮毛上。

就这样，格利什克领着小豜不停地向前走，走上一段时间，小豜就会叉开双腿，排出一摊浓稠的物体，它那膨胀如鼓的肚腹也随着这一次次排泄慢慢地恢复原状。

当青色的晨光拨开远山之上深沉的夜幕时，已经排泄得太多，感觉自己正渐渐干瘪的小狞终于抬起头来，此时它像在山上营地外出狂欢了一夜早晨归来时一样疲惫不堪。

一人、一狞，还有一条老狗，就这样在激流河边的森林中走了一夜。

足足过了一个星期，小狞才恢复元气，但是仍然会不时地打出一个悠长的嗝来。那喷涌而出的浓重气息总让它像宿醉的人闻到了酒味一样痛苦地闭上眼睛，条件反射似的摇着头，一副往事不堪回首的样子。最开始的几天，除了水，它什么也不吃，它迅速地消瘦下来，以至于看起来像一副仅仅是皮毛蒙覆着骨架的骷髅。

但是，在一个清凉的夜晚，它几乎是以呼啸的气势打出了最后一个嗝之后，它趁着夜色奔向那个它已经熟稔的池塘。第二天早晨，打开门的格利什克看到角上挂着一缕水草的小狞站在门外，正在刚刚升起的阳光下晾干自己的身体，它的肚腹又一次高高地隆起。但格利什克并没有过于担心，那是易于消化的水草，很快，被小狞的胃榨干营养后，剩下的水草纤维就被排泄出来。

小狞，作为庞大动物的存在正慢慢地被敖乡的人们所接受。

当然，那几条被小狞撞伤的狗的主人对于它的存在还是颇有微词，不过，慑于格利什克曾经持刀猎熊的传说以及在敖乡老人中不可动摇的威信，他们并没有做出什么举动来。况且，他们也清楚格利什克在山下是待不长的，只要脚一好，他就会回到山上的营地去。

即使是敖乡的孩子，在最初几天兴奋地围观之后，也迅速地对这头神情木然的迟钝巨兽失去了兴趣，只是一头过于高大的丑陋动物罢了。不过，那些百无聊赖的孩子偶尔会用石头投掷小狞，间或有一两块落在它的身上，它那坚韧皮肉消解了石块的力量。它似乎无法理解这种行为，而小小的石子也确实无法对它造成任何伤害，它甚至懒得回头看一眼恶作剧的制造者，摇摇头驱赶着蚊蝇，继续在墙边晒着太阳。

对于这样一个温和的巨人，感到索然无味的孩子们也就不再去骚扰了。

这天早晨，头天夜里已经下到河中吃饱了水草的小狞一边借着初升的阳光晾干皮毛，一边慢慢悠悠地穿过空荡无人的村庄，准备回格利什克的小院。

它像牧归的牛一样不紧不慢地走着，在这个村庄里再没有什么让它感到恐惧，在那次向狗群展示了自己的实力之后，现在那些狗看到它经过都会远远地避开。走过一座俄式木屋拐角处的一堵院墙，它像往常一样停了下来，在上面蹭痒。

它又闻到到了一股诱人的香味。那是一种它从来不知晓的食物的气味，它循着气味不知不觉地走进两道院墙间一条狭窄的胡同里，突然，它感觉有什么东西掠过了它的眼睛，它没有当回事，只以为那是不知从哪里被风吹来的一段细树枝或是恼人的蛛丝，不过，风吹落的树枝或是蛛丝越来越多。

当那些结实的绳子横七竖八地落在它粗壮的脖颈上时，它还是不知道发生了什么，但它可以感受到它们的重量，知道那绝对不是什么轻飘的蜘蛛丝。

它还不能将绳子与束缚联系到一起。

老白和他找来的几个成天无所事事的青年从院墙后面露出头来，看到没有出现预想中的挣扎场面，他们还真的有些不太相信。

一开始，他们无意中做对了，绳子被慢慢地收紧，但还没有达到影响小犴呼吸的地步。小犴并没有在意挂在它脖子上的绳子，它所有的注意力都倾注在地上每隔几步一根的胡萝卜上，它伸出灵巧的舌头将这些从未品尝过的美味卷进嘴里，然后再向前走，去取食另一根。他们牵着绳子慢慢地向前走，在两道院墙所夹的胡同的终点，停着一辆又破又旧如一堆废铁般的东风卡车，车厢板已经打开，用木板搭了一道栈板。老白相信，只要将这东西引上栈板，再关上车厢板，那就万事大吉了。卡车一开动，钱就到手了。

小狰循着在地上摆成一线的胡萝卜边走边吃，但是快要走到车厢前它停住了脚步，有些疑惑地抬起了头。卡车，它没有见过，往常回家的路上并没有这个东西。

那盖着苫布的车厢看起来更像一个黑漆漆的小盒子，在这个世界上，这种带有盖子的盒子除了山上营地漏风的帐篷，它还不能接受其他的形式。小狰像所有的野生动物一样，对墙壁和屋顶有一种天生的恐惧感。

也许是因为将小狰引到车厢前的这段路走得过于顺利，老白他们几个有些大意了，看到小狰畏缩着不愿意再向前走，他们不耐烦地拉紧了绳子，想强行把它拉上卡车。

束缚。

小狰即使在山上的营地里弄出更大的乱子来，也没有受到过这样的对待。自从它在营地的第一晚差点拉倒了帐篷之后，它那自由的脖颈上就再也没有被套上过绳索。

小狰退缩着，想离开这条狭窄得令它感到窒息的小胡同。

它不安地打着喷嚏，用力地扬起脖子，小小的眼睛显出恐惧的光，而那巨大的蹄子，也在不安地蹈动着。

但这些愚蠢的人仍然没有意识到小狰的一切表现都是一种警告，他们分成两列站在车厢的两边，将绳子收紧。用力地向车上拽。老白大概是对小犴的对抗感到有些不满，松了手上的绳子，绕到它的身后抬腿照着它的大腿就是一脚。

他感觉自己这一脚就像是踢在一块石头上，它的肌肉实在是太结实了。

但是他没有机会安慰自己踢痛的脚，在一声仿佛从遥远洞穴中传来的怪嚎声中，小犴转过头来，那惊恐的目光已经转化为一种野兽般的残暴。大概是小犴憨厚的表情让人们以为这是一头像阉牛一样的温驯动物，但是他们错了，它除了具有比牛更为壮硕的体形，还拥有饥饿的虎一样的凶猛。每个猎人都清楚，一头发怒的犴有多么可怕，它那巨大的蹄子可以轻而易举地碾碎凶狠的猎犬，将猎人踏成肉酱，甚至可以踢碎熊的脑袋。

在老白被远远地抛过院墙之后，那几个天真的年轻人还尝试着拉紧手中的绳子，但小犴只是晃了晃头，结实的麻绳就从那些人的手中飞脱而出，在他们手上留下新鲜的血痕。对于小犴来说，这些绳子确实就像蜘蛛丝一样不堪一击。

现在它是野兽，它愤怒地咆哮着，想要离开这个被人类包围的狭窄的小胡同，回到格利什克的身边去。

随后发生的一切显得拥挤而混乱，那些人试着阻止小犴离开，但仅仅是象征性地阻止而已。随后，他们要做的就是争先恐后地奔逃，就是踩在同伴的身体上逃走也好，只要不被它那大锤一样沉重的蹄子还有挥舞起来像巨铲一样的角碰到就行。

敖乡的人们跑出来时，只看到一头像坦克一样的巨型野兽冲过卡车和院墙之间的缝隙——卡车摇摇欲坠，院墙轰然倒塌，它拖着十几条麻绳，巨大的蹄子轰隆隆地敲打着地面，扬烟造土地从人们面前呼啸而过。

那条小胡同里一片狼藉，那些被小狴踏翻的年轻人横七竖八地躺在地上翻滚呻吟，鬼哭狼嚎。那场面，确实像有一辆履带上带锯齿的坦克刚刚从那些人的身上碾过去一样。

格利什克刚刚走出屋子，小狴就像被大炮轰过一样，一路烟尘四起地奔进了院子，脖子上套着十几条缠在一起的麻绳，角上竟然还挂着一条被撕碎的裤子。

看到格利什克，惊魂未定的小狴粗重地喘息着，像小时候被雄驯鹿欺负过之后一样慢慢地走到他的身边。格利什克轻轻地抚摸着它湿润的口鼻，帮它解下脖颈上纠缠在一起的绳子，扯下那条已经支离破碎的裤子。

小狴的两肋急速地翕动着，不断地呼出热烘烘的气息。

格利什克仔细地查看了小狴的全身，还好没有受伤。

他知道，不能再让小狴待在敖乡了。早晚哪天他看不住，小狴就会被那些人弄到山外卖掉，那就只能一辈子被关在笼子里了。

多年以前，格利什克捕到的一头小熊就被送到山外的动物园里了。后来，他听说那头已经长大的小熊被养在动物园的一个深深的大坑里，无论冬夏，无遮无掩。那在荒野中无敌的野兽已经退化成每天以打滚作揖向人类讨食吃的废物，早知这样，格利什克当初还不如一枪就毙了它。

格利什克没有耽搁时间，当天夜晚，它就拖着还没有痊愈的脚带着小犴和秃尾猎犬回山上的营地去了。

春天的河水

这是小犴来到营地的第六个春天。

在这个春天，格利什克常常陷入莫名其妙的昏睡，有时正在锯着桦子，不知不觉地就睡着了。他就那样睡很久，直到天色已晚，浑身被冻得僵硬，秃尾猎犬轻轻地舔着他的脸时，他才醒过来。

最开始，他只以为那是春季时特有的困乏，但是，他昏睡的时候越来越多。直到在一个黄昏，他又一次被秃尾猎犬舔醒之后，感觉到从未有过的舒坦，阳光温暖地照在他的脸上，让他恍然以为回到了整日与伙伴一起在林地游戏的童年，直到母亲站在撮罗子①前喊他回家吃饭。

在如海潮般汹涌的松涛中，他看不到那随风而来的不可抗拒的力量，但他可以感觉到它。

它就在营地的附近游荡，它在耐心地等待着他，它等着带他回家。

格利什克知道，自己一直期待的日子就快到来了。

应该是小狩离开的时候了。

那天早晨，吃了一夜水草的小狩心满意足地回到营地，等待它的是满满一桶加了红糖的米粥。在小狩以龙吞鲸吸般的气势进食米粥时，格利什克仔细地梳理着它的皮毛，帮它取下藏在腋下和耳后的扁虱。

小狩将整整一桶米粥吃得一干二净，它吃得太多了，以至于在它行走时，肚腹中发出水流拍打河岸般咣里咣当的动荡声响。

早饭之后，格利什克带上猎枪和秃尾猎犬，领着小狩出发了。

格利什克不紧不慢地在春日的林地中穿行。

在这片林地中走了多少年他已经记不清了，他熟悉每一条上百年来驯鹿踏出的小道，知道哪一片山地里有七叉犄角的漂

————————
①鄂温克人的帐篷。

亮马鹿，了解哪一条河套中游曳着肥腴的冷水鱼①。

林地中不时有成对的飞龙轰然飞起，或是跳出一只轻灵的狍子。秃尾猎犬轻声地哼哼着提醒格利什克。但格利什克仍然目不斜视地向前走，还喊回了躁动不安地想要前去追捕的秃尾猎犬。

秃尾猎犬有些糊涂了。

就这样，一个老猎人对山林中近在咫尺的猎物视而不见，只是默默地一直向前走。

秃尾猎犬仍然不时地回头望望已经跑进林地深处的狍子身后那俏皮耸动的小尾巴，它还有些不甘心。小狍可没想那么多，只是跟在格利什克的身后慢慢地走着，不时抬头扯下一点刚刚吐芽的嫩枝来尝尝鲜。

就这样，走了很久，来到一片小狍从来没有来过的陌生的林地，再往前，就是从未有人类涉足过的莽莽苍苍的原始森林了。

这是一块平坦的林间空地，格利什克找了一棵倒木坐下，将枪小心地倚树放好，然后取出口烟，含上一口。秃尾猎犬在格利什克的脚边卧下休息，精力十足的小狍却走向一棵白桦树，继续从上面摘取鲜嫩的叶芽。它的胃是深不见底的深渊啊。

---

①指鲟鱼、鳇鱼、哲罗蛙等珍贵鱼种。

　　格利什克就坐在那里一直注意着小狉，坐了很久。刚刚将它带回营地的时候它还是一只像小羊那么大的小东西，现在已经是一头肩部比他的头都高的巨狉了。

　　不知不觉间，当格利什克意识到的时候，天色已经有些暗了。

　　但格利什克甚至不知道应该怎样开始。

　　一只从林地上空飞越的乌鸦怪叫了一声，这孤独的叫声似乎在提醒他，似乎给了格利什克让这一切开始的勇气。

　　格利什克站了起来，突然大叫了一声，而他的手则指着小狉的鼻子。小狉一瞬间被这声叫喊吓得呆住了，一根刚刚叼下来的嫩枝顺着它的嘴角滑落在地上。它既没有踩破盆、坐扁水桶，也没有撞倒食物架子，更没有钻进帐篷里偷吃东西，它不清楚为什么格利什克会对着它愤怒地大叫。

　　小狉试探着慢慢走上前，探出自己那巨大的鼻子，亲吻着格利什克的手，想弄清楚到底发生了什么。

　　但是，格利什克满是硬茧的手掌重重地打在它的脸颊上。

　　它惊呆了，后腿了一步，小小的眼睛睁得老大，它无法相信刚刚发生的一切。

　　小狉愣在那里，一动不动。

　　格利什克知道如果此时停下就会永远失去继续下去的勇气，于是又一次挥拳击向小狉的颈侧。小狉仍然一动不动，显然它执拗地相信，这一切都是错误的。

格利什克揉着酸痛的手，无力再打，他感觉自己的手像是打在石头上一样。

他无奈地摇着头退后了几步，慢慢地从倒木边拎起了自己的枪。

格利什克拉动枪栓，子弹上膛，端枪上肩。

子弹准确地击入距离小狞前蹄不足一米的泥土中。

清脆的枪声震动着黄昏林地中的一切，但迅速就被海绵一样深厚的森林吸纳进去了。

对于秃尾猎犬，枪声向来都是冲锋的前奏。从它第一次跟随其他的猎狗一起去捕猎野兽开始，枪声一直就意味着一次行将到来的狂野追逐、扑咬、厮杀。在每一次枪声响过之后，它失去了一个又一个伙伴，身上也增添了一道又一道伤口，包括那条对于狗来说尤其重要的用于表达情感的尾巴。

但这一次枪没有击中猎物，子弹射入泥土中，扬起一片尘沙，它的印象里，臭弹的事是有，但格利什克从来没有打过空枪。

这个世界似乎乱套了，秃尾猎犬发现这颗子弹的弹着点竟然在小狞的身边。它不安地回头看看主人，发现格利什克满是皱纹的脸上竟然露出莫名其妙的表情，这是个陌生的主人。一般情况下，开枪之后的格利什克会非常平静，顶多再次将枪举起，那只是为了再补一枪解除猎物的痛苦罢了。

即使硝烟已经散尽，小狩还是不明白到底发生了什么，它只是不安地摇动着沉重的头。

紧接着又是一枪，子弹更近了，扬起的沙子甚至扫到了它的前腿上。

它开始不安起来，瞪着发红的眼睛死死地盯着格利什克，胸腔中发出喘息如牛一样粗哑的呼啸声。

格利什克太了解小狩的这个动作了，只有当它极度不安时它才会这样。

一直站在格利什克脚边的秃尾猎犬似乎也意识到什么，那枪是指向小狩的。它更加糊涂了，它不清楚自己是不是应该冲向小狩。但那是小狩，跟它一起生活了很久的小狩。在寒冷的冬夜里，在小狩还可以在帐篷里容身时，它们总是靠在一起在火炉前取暖。

当无法做出正确的判断时，秃尾猎犬躁得有些发狂。

当它还是一条小狗时，它与格利什克一起出猎时总是因为兴高采烈地追逐棒鸡①使主人失去最佳射击时机而受到责打。后来它明白了，发现棒鸡时，要做出动作提示主人，让主人明白棒鸡的藏身之处，而棒鸡惊起时，绝对不能追着一路狂叫，

---

①黑嘴松鸡。

而是应该保持安静，让主人从容不迫地将它从枝头击落。

尽管秃尾猎犬知道自己在这种时刻绝对不应该发出声音，但一种莫名的力量却在驱使着它发出一阵呼噜声，提醒格利什克，那是小狍，是天天在帐篷附近发呆的小狍，为什么要向小狍开枪？但是主人似乎听不到它的提醒，于是它壮着胆子不轻不重地在主人的腿上撞了一下。这样的动作是非常危险的，在猎人开枪时，猎犬一旦撞倒了猎人，猎枪很有可能走火。但秃尾猎犬把握得很好，它的动作仅仅是一个提醒。

格利什克一脚踢在秃尾猎犬的肋部，这重重的一脚差一点让它背过气去。但它忍住了那一声凄厉的叫声，让那声闷哼在自己的胸腔里融化。

秃尾猎犬永远也想不明白。这是人类的世界，有些事情它永远也理解不了。

格利什克也没有给小狍想明白这个世界的机会。

这一枪，格利什克是瞄着它脚边的一块石头射击的。

他精确地让子弹切入石块的斜面，计算着不让弹飞的子弹误伤了小狍。

如他所愿，子弹敲在石块上发出清脆的响声，迸起的石块碎屑击中了小狍的鼻子。

这次真的将它崩痛了，它打着喷嚏笨拙地跳了起来。

小狳跑开了几步，随后又驻足不前，仍然回头看着格利什克。不过，现在它的目光已经颇为迟疑，它已经清楚地意识到造成这种伤痛的正是此时格利什克手中那杆还冒着青烟的枪。

随后发生的一切连格利什克自己都感觉疯狂，他一次又一次地将子弹压进枪膛，然后准确地将子弹射向小狳的蹄边、耳侧。他感觉自己的枪从来没有打得这么准确过，呼啸的子弹擦着小狳的皮毛飞过，或者准确无误地在它的蹄边不到两寸的地方炸响。

小狳被吓坏了，这辈子它从来没有被密集如爆豆般的枪声包围过，一声紧接一声撕裂空气。刺鼻的硝烟，不时有被子弹崩起的土块和石片重重击打在它的身上。

终于，几乎是在一瞬间的事，像一块硕重的石头掉落在平静的湖面上，那溅起的水花还没有平息，那根维系着人类与小狳的牢靠纽带就突然间断了。

它似乎突然间想起了什么，多年以前那个子弹呼啸的春日午后，微小的战栗俘获了它。

它甩动着头，似乎想把眼前重现的梦魇甩开。

小狳缓缓地抬起头来，那些呼啸而来的子弹已经不能再引起它的注意了。它那悲伤的目光凝视着眼前的这个人。现在，这个正持着枪向它射击的人类，被烟雾笼罩其中，这也许是另一个人，他从来都是陌生的。

它转身跑开了。一开始，它跑得很慢，像一艘正在缓慢加速的战船，随着马力的增强，四条长腿轻盈地托着硕重的身体越跑越快。

它跑得太快了。它从来没有发现自己的长腿在这崎岖不平、满是塔头墩子的林地里跑起来是这么轻捷，纠结的灌木丛像蜘蛛网一样被它一撞而开，小树像麦秆一样在它的胸前折断。

这是它的世界，是它的林地，它是这荒野中最巨硕的野兽。很快，小犴红铜般闪亮的背影就消失在林地的深处了。

格利什克没有停下，他不断地重复着自己的动作——瞄准、开枪，装弹，瞄准、再开枪……在幼年的时候，为了成为最出色的猎手，他曾经无数次地演练过——当野兽突然出现时，怎样在最快的时间里让肩上的枪滑落到自己的手中，举枪瞄准。

他一遍又一遍地重复着动作，直到射光了身上的最后一颗子弹。

那最后一颗子弹飞出去时颇感孤独，没有同伴再跟随上来了。

他站在那里，耳中还回荡着枪声轰轰的震鸣。他已经不能再保持那个端枪瞄准的动作了，枪对于他太沉重了。

硝烟散尽。

他拄着枪站在那里，枪声还在他的耳边回荡。

难道除了自己还有别人在附近开枪？他惊讶地扭头寻找着枪声传来的方向。就在此时，他发现了一条新鲜的兽迹，显然，那是一头不知所措的野兽，巨大的蹄子将地面踩踏得一片狼藉，然后是一条非常清晰的足迹，笔直，义无反顾地向前，最后消失在无边的林地里。

格利什克又站了一会儿，太阳已经在山脊后沉落下去，林中泛起一丝寒意。

起风了。

他感觉自己的耳朵正在恢复听觉，那种遥远的回荡声已经远去了，他听到了风越过林地上空时呜呜作响的松涛声。

天就要黑了，应该回家了。

这时格利什克才想到秃尾猎犬，回头看时，它正蹲踞在身后，静静地望着小狍跑远的方向。他似乎突然间发现，这条跟随着自己多年的老狗项间皮肉松垂，皮毛凌乱而晦涩无光，两肋塌陷，目光黯淡无神。它太老了。

格利什克似乎已经耗尽了所有的力气，虚弱无力地扶着烫手的枪管坐在一块石头上，他轻轻地将枪放在一边，呼唤着秃尾猎犬。他已经很久没有这样呼唤过它了，他们在一起的时间太久了，他不需要呼唤它，只要一个眼神就足够了。他需要它时，它总是一直跟在他的身边。

秃尾猎犬回过神来，有那么一会儿，它的目光似乎找不到焦点。格利什克又轻轻地唤了它一声，随着这一声轻唤，它那似乎被迷雾笼罩的眼睛在一瞬间变得清澈了。噢，在它最初和格利什克一起走进山林因为追逐小兽而迷路时，格利什克就是这样唤它回来的。

秃尾猎犬慢慢地走到老人身边，将苍老的头倚靠在老人的怀里。

他们一直望着小狞消失的那片林地，就那样坐了很久，直到暮色渐浓，才慢慢地向森林深处的营地走去。

暮色之中，山林融化的积雪化为黑色的流水，带走松动的泥土和腐败的落叶，湍急满涨的河水顺着河道流泻而下。也许明天，暴涨的河水就会漫上河岸，浸润这片正在返青的林地。

春天来了，空气中浮动着泥土解冻的香甜气味。

要回到营地，格利什克和秃尾猎犬就要从横亘在河道上的一根倒木上走过去，然后还要走上很久。

营地在林地的深处。

天黑了。

风还是那样吹

那场风暴来得毫无征兆。早晨，还是艳阳高照，刚过正午，黑色的云块就像脱缰的野马翻越山脊呼啸而来，一路之上像折断火柴棍一样将参天巨树尽数连根截断。山下的敖乡刮起昏天黑地的大风，几座房屋被掀去了屋顶。

但那场黑风暴转瞬即去，只留下敖乡一片战乱之后废墟般的荒凉景象。天空即将放晴之际竟然落下纷纷扬扬的雪片，那可是六月啊。

妞拉走出院子，神色凛然，目光空茫，遥望远方。那正是茂林中驯鹿营地的方向。

敖乡的几个年轻人赶到山上的营地时，发现格利什克躺在帐篷前的空地上，已经僵硬了。他的手中还握着斧头，显然是在劈桦子时悄然逝去的。

那条秃尾猎犬，消瘦得只剩一副空空的骨架，但看到走近的人群，还是发出慑人的阴沉咆哮。但它的目光已经混浊，几乎连抬起头的力气都没有了。

格利什克被人们安葬在距离营地不远的一棵大树之上①。

当人们刚刚将格利什克的遗体安放好之后，那条瘦得几乎像纸片一样的秃尾猎犬穿过人群，走了过来，它那僵硬的爪子向前移动时恍如在云中漫步。

它低垂着沉重的头慢慢地踱到葬着格利什克的大树之下，将头倚靠在树干上趴下，然后，就再也没有起来……

鄂温克人摇起盐袋，引领着驯鹿群迁去新的营地。

后来，鄂温克人不再进入那片广大的林地。

不过，几年之后，一个从山外来的偷猎者还是走进了那片林地。

在那寂静的林地之中，他竟然无意中发现一头巨犴，真正的巨犴，那巨兽的肩胛比他的个子还高。

惊慌中，他将一梭子半自动步枪的子弹轰的一声全放了出去，确实有一颗子弹命中了，但那颗子弹仅仅是从犴的左耳上一穿而过。

当他回过神来再看时，凶神恶煞的巨犴已经杀到了他的身边，大角轻轻地一挑，就将他抛向空中，还好他落地时摔在一丛灌木丛上，否则这一下足能将他摔得骨断筋折。但这也将他摔得头昏眼花，在他还躺在地上没来得及喘出一口气时，那

①使鹿鄂温克族人的原始丧葬形式。

头山一样的巨犴已经轰轰作响地迈着足有脸盆那么大的蹄子向他冲了过来。

"我死了，我死了。"

被吓得面如土色的偷猎者喃喃自语。那大蹄子只要落在他的身上，顷刻之间就会让他脑浆迸溅。即使他没见过被犴杀死的人，也见过那些被犴踢断了腿的猎犬，还有一些猎犬直接就是被碾碎的。

也许他已经被吓得失去了意识。

他不知道时间过了多久，他以为自己已经死了。

但是，阳光还是照在他的脸上，隔着眼皮他也可以感觉到那刺眼的阳光。

当他终于睁开眼睛时，他仅仅看到那走进林地深处的棕灰色巨犴巨人般的背影。

当然，这一切都是那个偷猎者自己说的，没有人确定它的真实性。

不过，当他撩起自己的衣服时，在他的肋侧确实有一道可怕的瘀痕，他说是那头巨犴用大角将他挑起抛向天空时划伤的。

一年当中总有几次，一些进山采榛子或是蓝莓的人，无意中走进那片茂密的林地时，会远远地看到那头巨犴。它的左耳翼上有一个弹孔。

看到人时，它并不像林地中的野兽那样惊慌失措地逃掉，而是远远地扬起头向人类的方向张望。它头上那副沉硕的大角，耸立在巨大的头颅之上，它嗅闻着空气，冷冷地打量着陌生的闯入者，然后才不慌不忙地转身走进丛林，消失在林地的深处。

所有见过那头犴的人在后来谈起它时都会由衷地赞叹——那真的是一头大得吓人的犴啊。

后　记

闯入动物世界

沈石溪

　　我写动物小说，经常收到读者来信，除了热情洋溢的鼓励外，便是好奇地询问我所写的动物故事是不是亲身经历的。我的回答是肯定的。

　　我十六岁时，刚好遇上知识青年上山下乡运动，城里的青少年通通被赶到农村安家落户，我也在母亲和姐妹的哭泣声中告别上海，来到云南西双版纳一个名叫曼广弄的傣族寨子。

　　那儿远离市镇，地广人稀，四周都是密不透风的热带雨林，享有"植物王国"和"动物王国"的美誉。下田耕作，白鹭和孔雀就在身边盘桓；上山砍柴，经常能遇见马鹿和岩羊。那儿不仅野生动物数量众多，还能感受到人类与动物间浓浓的感情。巫师跳神，使用的就是用虎、豹、豺、狼、狗、牛、马、猪、羊、骡、鹿、麂十二种走兽的二十四块骸骨制成的大念珠；寨门上雕刻着白象和黑熊，家家竹楼的墙壁上都挂着野牛骷髅；婚礼上的贺词是"新郎像牛一样憨厚，像猴一样机敏，像山豹一样勇敢。新娘像孔雀一样美丽，像双角犀鸟一样贤惠，像银背豺一样善于操持家务、抚养自己的孩子"；葬礼上的随葬物品大都是木雕的飞禽走兽，仿佛不管是在阳间还是在阴间，与动物相伴才是完整的人生。

当地还流传着许许多多有关动物的趣闻异事。什么水牛抵死与前来扑食牛犊的老虎搏斗啦；什么象群在干旱时用长鼻子汲水，帮助一位曾经救过一头乳象的老汉浇快要枯死的苞谷地啦；什么狗熊穿起偷来的人的衣裳，把不明事理的羊群赶进深山啦……这样的故事多得就像树上的叶子，怎么也采不完。

我在曼广弄寨子生活了六年，为了生存，养过牛，赶过马，带着鱼鹰到澜沧江捉过鱼，牵着猎狗到布朗山打过猎，几乎天天和动物打交道，目睹了许多感人肺腑的动物故事。

有一次，我爬到树上掏鸟窝，不小心碰落了马蜂窝，愤怒的大马蜂追得我无处躲藏。我忠实的猎狗奋不顾身地冲上来，朝空中吠叫扑咬，使我得以趁机逃脱，而我的猎狗却被大马蜂活活蜇死了。

还有一次，我被一群别名叫红狼的豺狗围困在一棵孤零零的大树上，整整两天滴水未进、粒米未沾，饿得快虚脱了。我养的一只猎鹰从寨子飞到森林里找到我，又飞回寨子向村长报警，领着猎人把我从绝境中救了出来。

这一段不平凡的生活经历，为我提供了丰厚的创作素材。

我的第一篇动物小说写于1979年，那时，我在西双版纳军分区任新闻干事。有一天，过去同寨插队的一位同学来串门，告诉我一个消息，寨子里那位为土司养了半辈子大象的老象奴死了。我在农村当知青时和那位老象奴很熟，据说他听得懂大象的语言，能和大象对话，再桀骜不驯的野象，经他驯养，也会变成听话的家象。我还曾听他亲口说过，他曾因不忍心让土司锯象牙而放跑过一头大象。

报告消息的那位同学走后，我夜不能寐，老想着老象奴他养了一辈子大象，死后应当还和大象有点瓜葛，人生才算画上圆满的句号。我觉得被他放跑的那头大象应当从密林深处跑回寨子，在老象奴的坟墓前哀嚎三声，以示祭奠。想着想着，想出一篇小说来，取名《象群迁移的时候》。稿子写好后，投寄北京《儿童文学》，半个月就有了回音，编辑来信大大称赞了一番，鼓励我继续写这类有鲜明地域色彩的动物小说。

真正给我在读者中带来声誉的是《退役军犬黄狐》。

1983年春，我到关累边防连队采访。一天，上级命令连队立即派遣一支小分队，到中越边境原始森林拦截一个武装贩毒团伙。我有幸参加了这次行动。

要出发时，一只在哨所养了十年早已退役的军犬非要跟着我们一起去执行任务。这是一只衰老得快要去见"狗上帝"的老狗，脖颈和尾巴上的毛都脱落了，脸上有一条很长的伤疤，一条前腿还被弹片削掉一小截，走起路来有点瘸。大家怕它年老体衰会添麻烦，不愿带它去，就把它锁在狗棚里。没想到，我们出发三个小时后，刚来到伏击地点，这只老狗不知怎么弄的，竟然从上了锁的狗棚里钻出来，出现在我们面前！没办法，只好让它留下。

半夜，那伙武装毒贩果然出现在国境线上。战斗打响后，其他几个毒贩子都被打死或活捉了，唯独有一个毒贩子趁着天黑，滚进了几十米深的箐沟。这只老狗狂吠一声扑进了箐沟。箐沟里响起三声枪响和毒贩子的号叫。我们赶紧下到箐沟，拧亮手电筒一看，这只军犬脖子中了一枪，身上中了两枪，倒在血泊中，但还是紧紧咬住毒贩子不放。

战士们围在军犬身边唏嘘不已，军犬饲养员反反复复地念叨："别看它是不会说话的畜生，它可比人聪明，比人还懂感情！"战士们告诉我，这只军犬立过两次战功，脸和那条前腿就是被地雷炸伤的。它已退役三年，按照规定，可以回军犬学校颐养天年，终身享有伙食津贴。可它两次从军犬学校跑回哨所来，最后义无反顾地死在战斗岗位上。

第二天，边防连队为这只军犬举行了隆重的葬礼，许多人都流下了眼泪。就在葬礼上，猛然间我心里涌起一股神秘的冲动，觉得这只军犬本身就是一篇非常棒的小说，于是，就写成了《退役军犬黄狐》。这篇作品在上海《少年文艺》上刊登后，我收到上千封读者来信。它成了我最受读者欢迎的动物小说之一。编辑也大加赞赏，说这篇作品立意新颖独特。

我总算悟出一点什么了，文学的新意，不是赶时髦追浪头的新闻学意义上的"新"，而是作家特殊的生活经历，就是别人所没有的东西。文坛是百花园，假如你也种玫瑰，我也种玫瑰，百花园变成了独花园。虽然玫瑰很名贵，却会因为重复栽种而变得单调乏味。人家种玫瑰，我种矢车菊。虽然矢车菊没有玫瑰娇艳芬芳，却会因品种新而受到人们的青睐。在拥挤的文学小路上，重要的是寻找到自己。

1984年，徐怀中先生在解放军艺术学院创办文学系，并以总政文化部部长的身份出任文学系主任，首届招收三十五名学员，我有幸考了进去。我的同班同学中有许多人后来都成了文坛的佼佼者，如莫言、王海鸰、李存葆、宋学武、朱向前、黄献国、李本深、崔京生等。

怀中先生的办学方式别具一格，也许可以归纳为三点：开阔眼界，广泛比较，慎重选择。为此，他以开阔的胸襟邀请各界人士，为我们举办名目繁多的讲座。卡夫卡的荒诞派、加缪的悲观哲学、萨特的存在主义、人体特异功能，都可以在我们的讲台上一展风采。讲课的形式也让人耳目一新。有的老先生正襟危坐，而有的青年教师则跳到高高的桌子上，手舞足蹈，用别致的身体语言渲染新颖的见解。有时前后两个讲座观点刚好针锋相对、风格截然相反，迫使我们的思维进行全方位的急遽跳跃。

我感到了前所未有的放松和自由，觉得自己得到了最大限度的精神解放。文学系两年的深造，对我的创作而言，不亚于是给了一架登高的梯子。

灌了满脑子五花八门的文艺理论，我很自然地把这些理论当作一面面镜子，对照我以往的创作。我发现自己以前写的动物小说基本上都是在动物和人的恩怨圈里打转，是在人格化的动物形象上原地踏步。再继续写下去，无疑是炒冷饭。再说，西双版纳可写的动物种类已被我写得差不多了。我感觉到了创作危机，老路已经走完，新路还未开挖，急得只想撞墙。

我决心在动物小说这个领域里闯出一条新路来。

在文学系深造的日子里，我囫囵吞枣般地阅读了大量生物学、动物学、动物行为学等方面的书籍。其中有四本书对我影响最大。一本是美国的威尔逊写的《新的综合》，一本是诺贝尔生理学或医学奖获得者、奥地利的洛伦兹写的《攻击与人性》，另两本是英国的莫利斯写的《裸猿》和《人类动物园》。捧读这几本书，我有一种跋涉于沙漠巧遇甘泉的惊喜感觉。威尔逊所创立的社会生物学说的惊世骇俗的观点对我有一种振聋发聩的影响，而洛伦兹与莫利斯这两位杰出动物学家对动物世界所做的精湛研究，为我观察动物、提炼主题、结构故事开拓了一个崭新的角度。

我发现自己过去对动物的理解很肤浅。动物并不是仅为人类而活在这个地球上的，它们还有一个属于自己的弱肉强食的生存圈，完全可以在丛林法则这个色彩斑斓的基础上塑造动物的本体形象。

此外，人类社会的许多弊病和问题，例如战争、种族歧视、资源掠夺、两性差异、权力纷争、攻击行为、恃强凌弱等，既可以用社会学观点在大文化中寻找到合理的解释和答案，亦可用动物学家的眼光从生物层面破译出原始起因。从这个意义上推论，动物小说的认识价值不仅可以超越科普知识，还可以超越"人还不如动物"这样一种照镜式忏悔，完全可以同问题小说、哲理小说相媲美。

基于这两点体会，我写出了短篇动物小说《象冢》和中篇动物小说《暮色》。我自己觉得，这是我动物小说创作的一个新起点。首先，这两篇小说纯写动物，没有人类出现，故事和情节源自动物特殊的行为，而不是来源于道德规范。在《象冢》里，母象巴娅面临母爱和情爱发生尖锐冲突时，毁灭情爱而成全母爱；在《暮色》中，豺们为了种群的利益而牺牲年老体弱者。这类主题，触及我们久已掩抑的一些人性层面，引发读者对人自身的生存状态的思索。其次，在写法上，我改换叙述角度，运用严谨的逻辑推理和合情合理的想象，模拟动物的思维感觉，进行心理描写。这个尝试，应该说是成功的。小说发表后，引起广泛关注，有的评论家指出：这两篇作品都从动物的特性着眼结构故事，对动物行为的自然动机观察入微，蕴含着深刻的哲理，且没有将动物人化的痕迹，堪称纯正地道的动物小说。

挖十口浅井，不如挖一口深井。我找到了一条属于自己的路，就坚定不移地走下去。从此以后，我基本放弃了其他题材的创作，专心致志于动物小说的创作。当时我已调到成都军区政治部文艺创作室工作，为了获得动物世界的第一手资料和新鲜的生活感受，我把西双版纳野象谷、哀牢山野生动物救助中心、昆明圆通山动物园作为基地，规定自己无论工作怎么忙，每年都必须抽出三个月时间到这三个基地体验生活。

经过数年努力，我陆续写出了一批给我带来声誉的动物小说。《第七条猎狗》《一只猎雕的遭遇》《红奶羊》《鸟奴》获得中国作家协会颁发的优秀儿童文学奖。

从1993年开始，我的作品陆续被介绍到台湾地区，至今已累计在台湾出版三十余种动物小说集，十二次获《民生报》、《国语日报》、《幼狮少年》、台北市立图书馆、台湾儿童文学学会联合举办的"好书大家读"优秀读物奖。

年轻时，不知天高地厚，曾立下过无数雄心壮志。如今年过半百，两鬓霜白，我才明白这样一个浅显的道理：生命苦短，一个人的精力和能力是有限的，一生中能做好一两件事情就算不错了。对我来说，写好我所钟爱的动物小说，能再写出几部让读者认可的作品来，就是我一生最大的快慰了。

动物小说王国·沈石溪获奖作品

（第一辑）

动物小说大王沈石溪原创作品

弱肉强食的动物世界

潜然泪下的温情故事

动物小说王国·沈石溪自选中外精品

（第一辑）

捍卫生命的尊严　争取天赋的权利

动物小说王国·沈石溪自选中外精品

（第二辑）

熊王杰克
蟒蛇捕猎
幽谷狐影
丛林之王
丛林虎啸
来自荒原
猫王
松貂的捕食
鸟儿的希望
孤兽在林间

丛林法则的无情与有情

生命尊严的守望与致敬